Seis contos escolhidos e comentados por José Mindlin

Machado de Assis

Seis contos escolhidos e comentados por José Mindlin

Entrevista de José Mindlin a
Manuel da Costa Pinto

JOSÉ OLYMPIO
EDITORA

Reservam-se os direitos desta edição à
EDITORA JOSÉ OLYMPIO LTDA.
Rua Argentina, 171 – 1º andar – São Cristóvão
20921-380 – Rio de Janeiro, RJ – República Federativa do Brasil
Tel.: (21) 2585-2060 Fax: (21) 2585-2086
Printed in Brazil / Impresso no Brasil

Atendemos pelo Reembolso Postal

ISBN 978-85-03-00996-6

Capa: Isabella Perrotta / Hybris Design

CIP-Brasil. Catalogação-na-fonte
Sindicato Nacional dos Editores de Livros, RJ.

Assis, Machado de, 1839-1908
A866m Machado de Assis: Seis contos escolhidos e comentados por José Mindlin / Machado de Assis; entrevista de José Mindlin a Manuel da Costa Pinto. – Rio de Janeiro: José Olympio, 2008.
(Sabor literário)

ISBN 978-85-03-00996-6

1. Assis, Machado de, 1839-1908 – Crítica e interpretação. 2. Mindlin, José, 1915- – Entrevistas. 3. Conto brasileiro. I. Mindlin, José, 1915-. II. Pinto, Manuel da Costa, 1966-. III. Título. IV. Série.

08-2131 CDD – 869.93
CDU – 821.134.3(81)-3

SUMÁRIO

SOBRE ESTE LIVRO

Este livro reúne seis contos de Machado de Assis selecionados por José Mindlin, seguidos de comentários do bibliófilo e membro da ABL sobre as narrativas machadianas, em homenagem ao centenário de morte do escritor. Os depoimentos foram transcritos e editados a partir de entrevistas realizadas, em abril de 2008, na biblioteca de Guita e José Mindlin, o mais importante acervo privado de livros do Brasil. Ao todo, foram três encontros, nos quais ele relatou suas afinidades eletivas, aquilo que foi marcante na leitura dos contos, os critérios que determinaram as escolhas em meio à vastíssima produção de Machado nesse gênero — uma produção que, lembra Mindlin, rivaliza em importância e qualidade com sua obra romanesca.

Se todo leitor acaba, mais cedo ou mais tarde, imaginando a biblioteca pessoal que levaria para uma ilha deserta, igualmente fascinante é saber que autores entrariam na bagagem de alguém que passou a vida entre livros e reuniu algumas das maiores raridades bibliográficas do mundo, especialmente em língua portuguesa. Ninguém duvidava que Machado de Assis estaria entre aqueles escritores pelos quais Mindlin sempre manifestou publicamente sua admiração — como Montaigne, Proust ou Guimarães Rosa. Com a leitura compartilhada nos *Seis contos escolhidos e comentados*, ficamos sabendo *qual* Machado de Assis seria imprescindível no arquipélago de livros e leituras de José Mindlin.

Manuel da Costa Pinto

APRESENTAÇÃO

Não é fácil a tarefa de selecionar cinco ou seis contos de Machado de Assis. Ele é um contista extraordinário e não seria difícil fazer dez ou quinze listas, todas diferentes entre si. Nesta escolha eu me guiei por preferências pessoais, mas depois de muitas hesitações, pois sou um apaixonado leitor de Machado e o considero um contista comparável a Tchekov, que se destacou na literatura universal por suas histórias magistrais.

Quando se olha para trás e se vê que a obra de Machado vem encantando os leitores há quase 150 anos, pensamos que é pena que ele tenha escrito em português — pois se o tivesse feito em francês ou inglês seria um escritor de alcance universal.

Ao nos darmos conta da variedade de temas e de personagens de seus contos, fica difícil imaginar que uma única pessoa pudesse reunir tantos caracteres e tantas idéias diversas, situações pessoais, enredos com diferenças tão acentuadas. Diante disso, a admiração recrudesce: como um homem com as origens humildes de Machado de Assis conseguiu saber tanta coisa sobre a natureza humana?

De modo que minha seleção de contos, ditada por uma justificável limitação, não significa que estes sejam os melhores de Machado de Assis. No conjunto de sua obra, há grandes contos e há outros menos impactantes, fruto de circunstâncias, escritos para cumprir compromissos com algumas revistas etc. — mas, de modo geral, todos os contos de Machado de Assis primam pela excelência, como verão a seguir.

José Mindlin

NOTA DA EDITORA

Nesta edição foram mantidas as formas verbais originais e as grafias das palavras que constam nos dicionários atuais. Procuramos fazer uma atualização na pontuação, de acordo com as regras e usos vigentes.

Machado de Assis —
Seis contos escolhidos e comentados
por José Mindlin

MISSA DO GALO*

Nunca pude entender a conversação que tive com uma senhora, há muitos anos, contava eu dezessete, ela trinta. Era noite de Natal. Havendo ajustado com um vizinho irmos à Missa do Galo, preferi não dormir; combinei que eu iria acordá-lo à meia-noite.

A casa em que eu estava hospedado era a do escrivão Meneses, que fora casado, em primeiras núpcias, com uma de minhas primas. A segunda mulher, Conceição, e a mãe desta acolheram-me bem, quando vim de Mangaratiba para o Rio de Janeiro, meses antes, a estudar preparatórios. Vivia tranqüilo, naquela casa assobradada da rua do Senado, com os meus livros, poucas relações, alguns passeios. A família era pequena, o escrivão, a mulher, a sogra e duas escravas. Costumes velhos. Às dez horas da noite toda a gente estava nos quartos; às dez e

*In: *Páginas recolhidas.*

meia a casa dormia. Nunca tinha ido ao teatro, e mais de uma vez, ouvindo dizer ao Meneses que ia ao teatro, pedi-lhe que me levasse consigo. Nessas ocasiões, a sogra fazia uma careta, e as escravas riam à socapa; ele não respondia, vestia-se, saía e só tornava na manhã seguinte. Mais tarde é que eu soube que o teatro era um eufemismo em ação. Meneses trazia amores com uma senhora, separada do marido, e dormia fora de casa uma vez por semana. Conceição padecera, a princípio, com a existência da comborça; mas, afinal, resignara-se, acostumara-se, e acabou achando que era muito direito.

Boa Conceição! Chamavam-lhe "a santa", e fazia jus ao título, tão facilmente suportava os esquecimentos do marido. Em verdade, era um temperamento moderado, sem extremos, nem grandes lágrimas, nem grandes risos. No capítulo de que trato, dava para maometana; aceitaria um harém, com as aparências salvas. Deus me perdoe, se a julgo mal. Tudo nela era atenuado e passivo. O próprio rosto era mediano, nem bonito nem feio. Era o que chamamos uma pessoa simpática. Não dizia mal de ninguém, perdoava tudo. Não sabia odiar; pode ser até que não soubesse amar.

Naquela noite de Natal foi o escrivão ao teatro. Era pelos anos de 1861 ou 1862. Eu já devia estar em Mangaratiba, em férias; mas fiquei até o Natal para ver a "Missa do Galo na Corte". A família recolheu-se à hora do costume; eu meti-me na sala da frente, vestido e pronto. Dali passaria ao corredor da entrada e sairia sem acordar ninguém. Tinha três chaves a porta; uma estava com o escrivão, eu levaria outra, a terceira ficava em casa.

— Mas, Sr. Nogueira, que fará você todo esse tempo? — perguntou a mãe de Conceição.

— Leio, D. Inácia.

Tinha comigo um romance, *Os três mosqueteiros*, velha tradução, creio, do *Jornal do Comércio*. Sentei-me à mesa que havia no centro da sala e, à luz de um candeeiro de querosene, enquanto a casa dormia, trepei ainda uma vez ao cavalo magro de D'Artagnan e fui-me às aventuras. Dentro em pouco estava completamente ébrio de Dumas. Os minutos voavam, ao contrário do que costumam fazer, quando são de espera; ouvi bater onze horas, mas quase sem dar por elas, um acaso. Entretanto, um pequeno rumor que ouvi dentro veio acordar-me da leitura. Eram uns passos no corredor que ia da sala de visitas à de jantar; levantei a cabeça; logo depois vi assomar à porta da sala o vulto de Conceição.

— Ainda não foi? — perguntou ela.

— Não fui; parece que ainda não é meia-noite.

— Que paciência!

Conceição entrou na sala, arrastando as chinelinhas da alcova. Vestia um roupão branco, mal apanhado na cintura. Sendo magra, tinha um ar de visão romântica, não disparatada com o meu livro de aventuras. Fechei o livro; ela foi sentar-se na cadeira que ficava defronte de mim, perto do canapé. Como eu lhe perguntasse se a havia acordado, sem querer, fazendo barulho, respondeu com presteza:

— Não! Qual! Acordei por acordar.

Fitei-a um pouco e duvidei da afirmativa. Os olhos não eram de pessoa que acabasse de dormir; pareciam não ter ainda pegado no sono. Essa observação, porém, que valeria alguma coisa em outro espírito, depressa a botei fora, sem advertir que talvez não dormisse justamente por minha causa, e mentisse para me não afligir ou aborrecer. Já disse que ela era boa, muito boa.

— Mas a hora já há de estar próxima — disse eu.

— Que paciência a sua de esperar acordado, enquanto o vizinho dorme! E esperar sozinho! Não tem medo de almas do outro mundo? Eu cuidei que se assustasse quando me viu.

— Quando ouvi os passos estranhei; mas a senhora apareceu logo.

— Que é que estava lendo? Não diga, já sei, é o romance dos *Mosqueteiros*.

— Justamente: é muito bonito.

— Gosta de romances?

— Gosto.

— Já leu *A Moreninha*?

— Do Dr. Macedo? Tenho lá em Mangaratiba.

— Eu gosto muito de romances, mas leio pouco, por falta de tempo. Que romances é que você tem lido?

Comecei a dizer-lhe os nomes de alguns. Conceição ouvia-me com a cabeça reclinada no espaldar, enfiando os olhos por entre as pálpebras meio cerradas, sem os tirar de mim. De vez em quando passava a língua pelos beiços, para umedecê-los. Quando acabei de falar, não me disse nada; ficamos assim alguns segundos. Em seguida, vi-a endireitar a cabeça, cruzar os dedos e sobre eles pousar o queixo, tendo os cotovelos nos braços da cadeira, tudo sem desviar de mim os grandes olhos espertos.

"Talvez esteja aborrecida", pensei eu.

E logo alto:

— D. Conceição, creio que vão sendo horas, e eu...

— Não, não, ainda é cedo. Vi agora mesmo o relógio; são onze e meia. Tem tempo. Você, perdendo a noite, é capaz de não dormir de dia?

— Já tenho feito isso.

— Eu, não; perdendo uma noite, no outro dia estou que não posso, e, meia hora que seja, hei de passar pelo sono. Mas também estou ficando velha.

— Que velha o quê, D. Conceição?

Tal foi o calor da minha palavra que a fez sorrir. De costume tinha os gestos demorados e as atitudes tranqüilas; agora, porém, ergueu-se rapidamente, passou para o outro lado da sala e deu alguns passos, entre a janela da rua e a porta do gabinete do marido. Assim, com o desalinho honesto que trazia, dava-me uma impressão singular. Magra embora, tinha não sei que balanço no andar, como quem lhe custa levar o corpo; essa feição nunca me pareceu tão distinta como naquela noite. Parava algumas vezes, examinando um trecho de cortina ou concertando a posição de algum objeto no aparador; afinal deteve-se, ante mim, com a mesa de permeio. Estreito era o círculo das suas idéias; tornou ao espanto de me ver esperar acordado; eu repeti-lhe o que ela sabia, isto é, que nunca ouvira Missa do Galo na Corte, e não queria perdê-la.

— É a mesma missa da roça; todas as missas se parecem.

— Acredito; mas aqui há de haver mais luxo e mais gente também. Olhe, a Semana Santa na Corte é mais bonita que na roça. São João não digo, nem Santo Antônio...

Pouco a pouco, tinha-se inclinado; fincara os cotovelos no mármore da mesa e metera o rosto entre as mãos espalmadas. Não estando abotoadas, as mangas caíram naturalmente, e eu vi-lhe metade dos braços, muito claros, e menos magros do que se poderiam supor. A vista não era nova para mim, posto também não fosse comum; naquele momento, porém, a impressão que tive foi grande. As veias eram tão azuis que, apesar da pouca claridade, podia contá-las do meu lugar. A presença de Conceição despertara-me ainda mais que o livro. Continuei a dizer o que pensava das festas da roça e da cidade, e de outras coisas que me iam vindo à boca. Falava emendando os assuntos, sem saber por que, variando deles ou tornando aos primeiros, e rindo para fazê-la sorrir e ver-lhe os dentes que luziam de brancos, todos iguaizinhos. Os olhos dela não eram bem negros, mas escuros; o nariz, seco e longo, um tantinho curvo, dava-lhe ao rosto um ar interrogativo. Quando eu alteava um pouco a voz, ela reprimia-me:

— Mais baixo! Mamãe pode acordar.

E não saía daquela posição, que me enchia de gosto, tão perto ficavam as nossas caras. Realmente, não era preciso falar alto para ser ouvido; cochichávamos os dois, eu mais que ela, porque falava mais; ela, às vezes, ficava séria, muito séria, com a testa um pouco franzida. Afinal, cansou; trocou de atitude e de lugar. Deu volta à mesa e veio sentar-se do meu lado, no canapé. Voltei-me, e pude ver, a furto, o bico das chinelas; mas foi só o tempo que ela gastou em sentar-se, o roupão era comprido e cobriu-as logo. Recordo-me que eram pretas. Conceição disse baixinho:

— Mamãe está longe, mas tem o sono muito leve; se acordasse agora, coitada, tão cedo não pegava no sono.

— Eu também sou assim.

— O quê? — perguntou ela inclinando o corpo para ouvir melhor.

Fui sentar-me na cadeira que ficava ao lado do canapé e repeti a palavra. Riu-se da coincidência; também ela tinha o sono leve; éramos três sonos leves.

— Há ocasiões em que sou como mamãe: acordando, custa-me dormir outra vez, rolo na cama, à toa, levanto-me, acendo a vela, passeio, torno a deitar-me, e nada.

— Foi o que lhe aconteceu hoje.

— Não, não — atalhou ela.

Não entendi a negativa; ela pode ser que também não a entendesse. Pegou das pontas do cinto e bateu com elas sobre os joelhos, isto é, o joelho direito, porque acabava de cruzar as pernas. Depois referiu uma história de sonhos, e afirmou-me que só tivera um pesadelo, em criança. Quis saber se eu os tinha. A conversa reatou-se assim lentamente, longamente, sem que eu desse pela hora nem pela missa. Quando eu acabava uma narração ou uma explicação, ela inventava outra pergunta ou outra matéria, e eu pegava novamente na palavra. De quando em quando, reprimia-me:

— Mais baixo, mais baixo...

Havia também umas pausas. Duas outras vezes, pareceu-me que a via dormir; mas os olhos, cerrados por um instante, abriam-se logo sem sono nem fadiga, como se ela os houvesse fechado para ver melhor. Uma dessas vezes creio que deu por mim embebido na sua pessoa, e lembra-me que os tornou a fechar, não sei se apressada ou vagarosamente. Há impressões dessa noite que me aparecem truncadas ou confusas. Contradigo-me, atrapalho-me. Uma das que ainda tenho frescas é que, em certa ocasião, ela, que era apenas simpática, ficou linda, ficou lindíssima. Estava de pé, os braços cruzados; eu, em respeito a ela, quis levantar-me; não consentiu, pôs uma das mãos no meu ombro, e obrigou-me a estar sentado. Cuidei que ia dizer alguma coisa; mas estremeceu, como se tivesse um arrepio de frio, voltou as costas e foi sentar-se na cadeira, onde me achara lendo. Dali relanceou a vista pelo espelho, que ficava por cima do canapé, falou de duas gravuras que pendiam da parede.

— Estes quadros estão ficando velhos. Já pedi a Chiquinho para comprar outros.

Chiquinho era o marido. Os quadros falavam do principal negócio deste homem. Um representava "Cleópatra"; não me recordo o assunto do outro, mas eram mulheres. Vulgares ambos; naquele tempo não me pareciam feios.

— São bonitos — disse eu.

— Bonitos são; mas estão manchados. E depois, francamente, eu preferia duas imagens, duas santas. Estas são mais próprias para sala de rapaz ou de barbeiro.

— De barbeiro? A senhora nunca foi a casa de barbeiro...

— Mas imagino que os fregueses, enquanto esperam, falam de moças e namoros, e naturalmente o dono da casa alegra a vista deles com figuras bonitas. Em casa de família é que não acho próprio. É o que eu penso; mas eu penso muita coisa assim esquisita. Seja o que for, não gosto dos quadros. Eu tenho uma Nossa Senhora da Conceição, minha madrinha, muito bonita; mas é de escultura, não se pode pôr na parede, nem eu quero. Está no meu oratório.

A idéia do oratório trouxe-me a da missa, lembrou-me que podia ser tarde e quis dizê-lo. Penso que cheguei a abrir a boca, mas logo a fechei para ouvir o que ela contava, com doçura, com graça, com tal moleza que trazia preguiça à minha alma e fazia esquecer a missa e a igreja. Falava das suas devoções de menina e moça. Em seguida referia umas anedotas de baile, uns casos de passeio, reminiscências de Paquetá, tudo de mistura, quase sem interrupção. Quando cansou do passado, falou do presente, dos negócios da casa, das canseiras de família, que lhe diziam ser muitas, antes de casar, mas não eram nada. Não me contou, mas eu sabia que casara aos vinte e sete anos.

Já agora não trocava de lugar, como a princípio, e quase não saíra da mesma atitude. Não tinha os grandes olhos compridos, e entrou a olhar à toa para as paredes.

— Precisamos mudar o papel da sala — disse daí a pouco, como se falasse consigo.

Concordei, para dizer alguma coisa, para sair da espécie de sono magnético, ou o que quer que era que me tolhia a língua e os sentidos. Queria e não queria acabar a conversação; fazia esforço para arredar os olhos dela, e arredava-os por um sentimento de respeito; mas a idéia de parecer que era aborrecimento, quando não era, levava-me os olhos outra vez para Conceição. A conversa ia morrendo. Na rua o silêncio era completo.

Chegamos a ficar por algum tempo — não posso dizer quanto — inteiramente calados. O rumor único e escasso era um roer de camundongo no gabinete, que me acordou daquela espécie de sonolência; quis falar dele, mas não achei modo. Conceição parecia estar devaneando. Subitamente, ouvi uma pancada na janela, do lado de fora, e uma voz que bradava: "Missa do Galo! Missa do Galo!"

— Aí está o companheiro — disse ela levantando-se. Tem graça; você é que ficou de ir acordá-lo, ele é que vem acordar você. Vá, que hão de ser horas; adeus.

— Já serão horas? — perguntei.

— Naturalmente.

— Missa do Galo! — repetiram de fora, batendo.

— Vá, vá, não se faça esperar. A culpa foi minha. Adeus, até amanhã.

E com o mesmo balanço do corpo, Conceição enfiou pelo corredor adentro, pisando mansinho. Saí à rua e achei o vizinho que esperava. Guiamos dali para a igreja. Durante a missa, a figura de Conceição interpôs-se, mais de uma vez, entre mim e o padre; fique isto à conta dos meus dezessete anos. Na manhã seguinte, ao almoço, falei da Missa do Galo e da gente que estava na igreja sem excitar a curiosidade de Conceição. Durante o dia, achei-a como sempre, natural, benigna, sem nada que fizesse lembrar a conversação da véspera. Pelo Ano-Bom fui para Mangaratiba. Quando tornei ao Rio de Janeiro, em março, o escrivão tinha morrido de apoplexia. Conceição morava no Engenho Novo, mas nem a visitei nem a encontrei. Ouvi mais tarde que casara com o escrevente juramentado do marido.

Comentário

A escolha de Mindlin recai sobre um dos clássicos dentre as narrativas curtas de Machado de Assis. O bibliófilo vê grandes semelhanças entre "Missa do Galo" — publicado em "A Semana" de 12 de maio de 1894 e, depois, no livro *Páginas recolhidas* (1899) — e "Uns braços" (que também consta desta seleção):

"Ambos mostram o surgimento do erotismo em adolescentes, mas um erotismo muito difuso, que eles mesmos provavelmente teriam dificuldade de definir: os dois protagonistas sentiam uma óbvia atração pela mulher mais velha, sem saber o que poderia acontecer na continuidade dos encontros."

Mindlin assinala que a frase inicial de "Missa do Galo" — "Nunca pude entender a conversação que tive com uma senhora, há muitos anos, contava eu dezessete, ela trinta" — indica a essência do conto: o não entendimento, a incapacidade de compreender uma situação vivida com grande intensidade, fazendo com que um lugar-comum (o enamoramento e a descoberta da sensualidade) ganhe novo significado, graças à maestria do escritor.

"Em 'Missa do Galo', o narrador (Nogueira) consegue descrever o vago erotismo com que a conversa com Conceição foi conduzida — e dificilmente poderia ir mais longe do que foi. As coisas se desenvolveram com muito maior intensidade nele do que nela, dificultando a descrição da conversa. De certo modo, 'Missa do Galo' descreve a luta contra o esquecimento, contra esse véu mental que faz com que ele não perceba que aquela mulher estava sendo seduzida por ele. Mesmo retrospectivamente, ele não compreende isso. Obviamente, estava atraído e intimidado, mas sem conseguir definir seus sentimentos, pois não havia ainda chegado à plenitude afetiva."

O conto mostra, assim, um procedimento que se tornará característico da literatura moderna ao longo do século XX: a defasagem que há entre a percepção parcial do narrador (que não consegue dar conta do significado da trama em que se vê enredado) e a plena percepção do leitor, que enxerga na condição da mulher madura (traída pelo marido e, por isso, à mercê do jovem hóspede) a presença insidiosa e perturbadora do desejo.

UNS BRAÇOS*

Inácio estremeceu, ouvindo os gritos do solicitador; recebeu o prato que este lhe apresentava e tratou de comer, debaixo de uma trovoada de nomes, malandro, cabeça de vento, estúpido, maluco.

— Onde anda que nunca ouve o que lhe digo? Hei de contar tudo a seu pai, para que lhe sacuda a preguiça do corpo com uma boa vara de marmelo, ou um pau; sim, ainda pode apanhar, não pense que não. Estúpido! Maluco!

— Olhe que lá fora é isto mesmo que você vê aqui — continuou, voltando-se para D. Severina, senhora que vivia com ele maritalmente, há anos. Confunde-me os papéis todos, erra as casas, vai a um escrivão em vez de ir a outro, troca os advogados: é o diabo! É o tal sono pesado e contínuo. De manhã é o que se vê; primeiro que

---

*In: *Várias histórias.*

acorde é preciso quebrar-lhe os ossos... Deixe; amanhã hei de acordá-lo a pau de vassoura!

D. Severina tocou-lhe no pé, como pedindo que acabasse. Borges espeitorou ainda alguns impropérios, e ficou em paz com Deus e os homens.

Não digo que ficou em paz com os meninos, porque o nosso Inácio não era propriamente menino. Tinha quinze anos feitos e bem feitos. Cabeça inculta, mas bela, olhos de rapaz que sonha, que adivinha, que indaga, que quer saber e não acaba de saber nada. Tudo isso posto sobre um corpo não destituído de graça, ainda que mal vestido. O pai é barbeiro na Cidade Nova, e pô-lo de agente, escrevente, ou que quer que era, do solicitador Borges, com esperança de vê-lo no foro, porque lhe parecia que os procuradores de causas ganhavam muito. Passava-se isto na rua da Lapa, em 1870.

Durante alguns minutos não se ouviu mais que o tinir dos talheres e o ruído da mastigação. Borges abarrotava-se de alface e vaca; interrompia-se para virgular a oração com um golpe de vinho e continuava logo calado.

Inácio ia comendo devagarinho, não ousando levantar os olhos do prato, nem para colocá-los onde eles estavam no momento em que o terrível Borges o descompôs. Verdade é que seria agora muito arriscado. Nunca ele pôs os olhos nos braços de D. Severina que se não esquecesse de si e de tudo.

Também a culpa era antes de D. Severina, em trazê-los assim nus, constantemente. Usava mangas curtas em todos os vestidos de casa, meio palmo abaixo do ombro; dali em diante ficavam-lhe os braços à mostra. Na verdade, eram belos e cheios, em harmonia com a dona, que era antes grossa que fina, e não perdiam a cor nem a maciez por viverem ao ar; mas é justo explicar que ela os não trazia assim por faceira, senão porque já gastara todos os vestidos de mangas compridas. De pé, era muito vistosa; andando, tinha meneios engraçados; ele, entretanto, quase que só a via à mesa, onde, além dos braços, mal poderia mirar-lhe o busto. Não se pode dizer que era bonita; mas também não era feia. Nenhum adorno; o próprio penteado consta de mui pouco; alisou os cabelos, apanhou-os, atou-os e fixou-os no alto da cabeça com o pente de tartaruga que a mãe lhe deixou. Ao pescoço, um lenço escuro; nas orelhas, nada. Tudo isso com vinte e sete anos floridos e sólidos.

Acabaram de jantar. Borges, vindo o café, tirou quatro charutos da algibeira, comparou-os, apertou-os entre os dedos, escolheu um e guardou os restantes. Aceso o charuto, fincou os cotovelos na mesa e falou a D. Severina de trinta mil cousas que não interessavam nada ao nosso Inácio; mas enquanto falava, não o descompunha, e ele podia devanear à larga.

Inácio demorou o café o mais que pode. Entre um e outro gole, alisava a toalha, arrancava dos dedos pedacinhos de pele imaginários, ou passava os olhos pelos quadros da sala de jantar, que eram dois, um S. Pedro e um S. João, registros trazidos de festas e encaixilhados em casa. Vá que disfarçasse com S. João, cuja cabeça moça alegra as imaginações católicas; mas com o austero S. Pedro era demais. A única defesa do moço Inácio é que ele não via nem um nem outro; passava os olhos por ali como por nada. Via só os braços de D. Severina — ou porque sorrateiramente olhasse para eles, ou porque andasse com eles impressos na memória.

— Homem, você não acaba mais? — bradou de repente o solicitador.

Não havia remédio; Inácio bebeu a última gota, já fria, e retirou-se, como de costume, para o seu quarto, nos fundos da casa. Entrando, fez um gesto de zanga e desespero e foi depois encostar-se a uma das duas janelas que davam para o mar. Cinco minutos depois, a vista das águas próximas e das montanhas ao longe restituía-lhe o sentimento confuso, vago, inquieto, que lhe doía e fazia bem, alguma cousa que deve sentir a planta, quando abotoa a primeira flor. Tinha vontade de ir embora e de ficar. Havia cinco semanas que ali morava, e a vida era sempre a mesma, sair de manhã com o Borges, andar por audiências e cartórios, correndo, levando papéis ao selo, ao distribuidor, aos escrivães, aos oficiais de justiça. Voltava à tarde, jantava e recolhia-se ao quarto, até a hora da ceia; ceava e ia dormir. Borges não lhe dava intimidade na família, que se compunha apenas de D. Severina, nem Inácio a via mais de três vezes por dia, durante as refeições. Cinco semanas de solidão, de trabalho sem gosto, longe da mãe e das irmãs; cinco semanas de silêncio, porque ele só falava uma ou outra vez na rua; em casa, nada.

— Deixe estar — pensou ele um dia —, fujo daqui e não volto mais.

Não foi; sentiu-se agarrado e acorrentado pelos braços de D. Severina. Nunca vira outros tão bonitos e tão frescos. A educação que tivera não lhe permitia encará-los logo abertamente, parece até que a princípio afastava os olhos, vexado. Encarou-os pouco a pouco, ao ver que eles não tinham outras mangas, e assim os foi descobrindo, mirando e amando. No fim de três semanas eram eles, moralmente falando, as suas tendas de repouso. Agüentava toda a trabalheira de fora, toda a melancolia da solidão e do silêncio, toda a grosseria do patrão, pela única paga de ver, três vezes por dia, o famoso par de braços.

Naquele dia, enquanto a noite ia caindo e Inácio estirava-se na rede (não tinha ali outra cama), D. Severina, na sala da frente, recapitulava o episódio do jantar e, pela primeira vez, desconfiou alguma cousa. Rejeitou a idéia logo, uma criança! Mas há idéias que são da família das moças teimosas: por mais que a gente as sacuda, elas tornam e pousam. Criança? Tinha quinze anos; e ela advertiu que entre o nariz e a boca do rapaz havia um princípio de rascunho de buço. Que admira que começasse a amar? E não era ela bonita? Esta outra idéia não foi rejeitada, antes afagada e beijada. E recordou então os modos dele, os esquecimentos, as distrações, e mais um incidente, e mais outro, tudo eram sintomas, e concluiu que sim.

— Que é que você tem? — disse-lhe o solicitador, estirado no canapé, ao cabo de alguns minutos de pausa.

— Não tenho nada.

— Nada? Parece que cá em casa anda tudo dormindo! Deixem estar, que eu sei de um bom remédio para tirar o sono aos dorminhocos...

E foi por ali, no mesmo tom zangado, fuzilando ameaças, mas realmente incapaz de as cumprir, pois era antes grosseiro que mau. D. Severina interrompia-o que não, que era engano, não estava dormindo, estava pensando na comadre Fortunata. Não a visitavam desde o Natal; por que não iriam lá uma daquelas noites? Borges redargüia que andava cansado, trabalhava como um negro, não estava para visitas de parola; e descompôs a comadre, descompôs o compadre, descompôs o afilhado, que não ia ao colégio, com dez anos! Ele, Borges, com dez anos, já sabia ler, escrever e contar, não muito bem, é certo, mas sabia. Dez anos! Havia de ter um bonito fim: — vadio, e o côvado e meio nas costas. A tarimba é que viria ensiná-lo.

D. Severina apaziguava-o com desculpas, a pobreza da comadre, o caiporismo do compadre, e fazia-lhe carinhos, a medo, que eles podiam irritá-lo mais. A noite caíra de todo; ela ouviu o *tlic* do lampião do gás da rua, que acabavam de acender, e viu o clarão dele nas janelas da casa fronteira. Borges, cansado do dia, pois era realmente um trabalhador de primeira ordem, foi fechando os olhos e pegando no sono, e deixou-a só na sala, às escuras, consigo e com a descoberta que acabava de fazer.

Tudo parecia dizer à dama que era verdade; mas essa verdade, desfeita a impressão do assombro, trouxe-lhe uma complicação moral, que ela só conheceu pelos efeitos, não achando meio de discernir o que era. Não podia entender-se nem equilibrar-se, chegou a pensar em dizer tudo ao solicitador, e ele que mandasse embora o fedelho. Mas que era tudo? Aqui estacou: realmente, não havia mais que suposição, coincidência e possivelmente ilusão. Não, não, ilusão não era. E logo recolhia os indícios vagos, as atitudes do mocinho, o acanhamento, as distrações, para rejeitar a idéia de estar enganada. Daí a pouco, (capciosa natureza!) refletindo que seria mau acusá-lo sem fundamento, admitiu que se iludisse, para o único fim de observá-lo melhor e averiguar bem a realidade das cousas.

Já nessa noite, D. Severina mirava por baixo dos olhos os gestos de Inácio; não chegou a achar nada, porque o tempo do chá era curto e o rapazinho não tirou os olhos da xícara. No dia seguinte pôde observar melhor, e nos outros otimamente. Percebeu que sim, que era amada e temida, amor adolescente e virgem, retido pelos liames sociais e por um sentimento de inferioridade que o impedia de reconhecer-se a si mesmo. D. Severina compreendeu que não havia que recear nenhum desacato, e concluiu que o melhor era não dizer nada ao solicitador; poupava-lhe um desgosto, e outro à pobre criança. Já se persuadia bem que ele era criança, e assentou de o tratar tão secamente como até ali, ou ainda mais. E assim fez; Inácio começou a sentir que ela fugia com os olhos, ou falava áspero, quase tanto como o próprio Borges. De outras vezes, é verdade que o tom da voz saía brando e até meigo, muito meigo; assim como o olhar, geralmente esquivo, tanto errava por outras partes, que, para descansar, vinha pousar na cabeça dele; mas tudo isso era curto.

— Vou-me embora, repetia ele na rua como nos primeiros dias.

Chegava a casa e não se ia embora. Os braços de D. Severina fechavam-lhe um parênteses no meio do longo e fastidioso período da vida que levava, e essa oração intercalada trazia uma idéia original e profunda, inventada pelo céu unicamente para ele. Deixava-se estar e ia andando. Afinal, porém, teve de sair, e para nunca mais; eis aqui como e porquê.

D. Severina tratava-o desde alguns dias com benignidade. A rudeza da voz parecia acabada, e havia mais do que brandura, havia desvelo e carinho. Um dia recomendava-lhe que não apanhasse ar, outro que não bebesse água fria depois do café quente, conselhos, lembranças, cuidados de amiga e mãe, que lhe lançaram na alma maior inquietação e confusão. Inácio chegou ao extremo de confiança de rir um dia à mesa, cousa que jamais fizera; e o solicitador não o tratou mal dessa vez, porque era ele que contava um caso engraçado, e ninguém pune a outro pelo aplauso que recebe. Foi então que D. Severina viu que a boca do mocinho, graciosa estando calada, não o era menos quando ria.

A agitação de Inácio ia crescendo, sem que ele pudesse acalmar-se nem entender-se. Não estava bem em parte nenhuma. Acordava de noite, pensando em D. Severina. Na rua, trocava de esquinas, errava as portas, muito mais que dantes, e não via mulher, ao longe ou ao perto, que lha não trouxesse à memória. Ao entrar no corredor da casa, voltando do trabalho, sentia sempre algum alvoroço, às vezes grande, quando dava com ela no topo da escada, olhando através das grades de pau da cancela, como tendo acudido a ver quem era.

Um domingo — nunca ele esqueceu esse domingo —, estava só no quarto, à janela, virado para o mar, que lhe falava a mesma linguagem obscura e nova de D. Severina. Divertia-se em olhar para as gaivotas, que faziam grandes giros no ar, ou pairavam em cima d'água, ou avoaçavam somente. O dia estava lindíssimo. Não era só um domingo cristão; era um imenso domingo universal.

Inácio passava-os todos ali no quarto ou à janela, ou relendo um dos três folhetos que trouxera consigo, contos de outros tempos, comprados a tostão, debaixo do passadiço do largo do Paço. Eram duas horas da tarde. Estava cansado, dormira mal a noite, depois de haver andado muito na véspera; estirou-se na rede, pegou em um dos folhetos, a *Princesa Magalona*, e começou a ler. Nunca pôde entender porque é que todas as heroínas dessas velhas histórias tinham a mesma cara e talhe de D. Severina, mas a verdade é que os tinham. Ao cabo de meia hora, deixou cair o folheto e pôs os olhos na parede, donde, cinco minutos depois, viu sair a dama dos seus cuidados. O natural era que se espantasse; mas não se espantou. Embora com as pálpebras cerradas, viu-a desprender-se de todo, parar, sorrir e andar para a rede. Era ela mesma; eram os seus mesmos braços.

É certo, porém, que D. Severina, tanto não podia sair da parede, dado que houvesse ali porta ou rasgão, que estava justamente na sala da frente ouvindo os passos do solicitador que descia as escadas. Ouviu-o descer; foi à janela vê-lo sair e só se recolheu quando ele se perdeu ao longe, no caminho da rua das Mangueiras. Então entrou e foi sentar-se no canapé. Parecia fora do natural, inquieta, quase maluca; levantando-se, foi pegar na jarra que estava em cima do aparador e deixou-a no mesmo lugar; depois caminhou até à porta, deteve-se e voltou, ao que parece, sem plano. Sentou-se outra vez, cinco ou dez minutos. De repente, lembrou-se que Inácio comera pouco ao almoço e tinha o ar abatido, e advertiu que podia estar doente; podia ser até que estivesse muito mal.

Saiu da sala, atravessou rasgadamente o corredor e foi até o quarto do mocinho, cuja porta achou escancarada. D. Severina parou, espiou, deu com ele na rede, dormindo, com o braço para fora e o folheto caído no chão. A cabeça inclinava-se um pouco do lado da porta, deixando ver os olhos fechados, os cabelos revoltos e um grande ar de riso e de beatitude.

D. Severina sentiu bater-lhe o coração com veemência e recuou. Sonhara de noite com ele; pode ser que ele estivesse sonhando com ela. Desde madrugada que a figura do mocinho andava-lhe diante dos olhos como uma tentação diabólica. Recuou ainda, depois voltou, olhou dois, três, cinco minutos, ou mais. Parece que o sono dava à adolescência de Inácio uma expressão mais acentuada, quase feminina, quase pueril. Uma criança! Disse ela a si mesma, naquela língua sem palavras que todos trazemos conosco. E esta idéia abateu-lhe o alvoroço do sangue e dissipou-lhe em parte a turvação dos sentidos.

— Uma criança!

E mirou-o lentamente, fartou-se de vê-lo, com a cabeça inclinada, o braço caído; mas, ao mesmo tempo que o achava criança, achava-o bonito, muito mais bonito que acordado, e uma dessas idéias corrigia ou corrompia a outra. De repente estremeceu e recuou assustada: ouvira um ruído ao pé, na saleta do engomado; foi ver, era um gato que deitara uma tigela ao chão. Voltando devagarinho a espiá-lo, viu que dormia profundamente. Tinha o sono duro a criança! O rumor que a abalara tanto não o fez sequer mudar de posição. E ela continuou a vê-lo dormir — dormir e talvez sonhar.

Que não possamos ver os sonhos uns dos outros! D. Severina ter-se-ia visto a si mesma na imaginação do rapaz; ter-se-ia visto diante da rede, risonha e parada; depois inclinar-se, pegar-lhe nas mãos, levá-las ao peito, cruzando ali os braços, os famosos braços. Inácio, namorado deles, ainda assim ouvia as palavras dela, que eram lindas, cálidas, principalmente novas — ou, pelo menos, pertenciam a algum idioma que ele não conhecia, posto que o entendesse. Duas, três e quatro vezes a figura esvaía-se, para tornar logo, vindo do mar ou de outra parte, entre gaivotas, ou atravessando o corredor, com toda a graça robusta de que era capaz. E tornando, inclinava-se, pegava-lhe outra vez das mãos e cruzava ao peito os braços, até que, inclinando-se, ainda mais, muito mais, abrochou os lábios e deixou-lhe um beijo na boca.

Aqui o sonho coincidiu com a realidade, e as mesmas bocas uniram-se na imaginação e fora dela. A diferença é que a visão não recuou, e a pessoa real tão depressa cumprira o gesto, como fugiu até à porta, vexada e medrosa. Dali passou à sala da frente, aturdida do que fizera, sem olhar fixamente para nada. Afiava o ouvido, ia até o fim do corredor, a ver se escutava algum rumor que lhe dissesse que ele acordara, e só depois de muito tempo é que o medo foi passando. Na verdade, a criança tinha o sono duro; nada lhe abria os olhos, nem os fracassos contíguos, nem os beijos de verdade. Mas, se o medo foi passando, o vexame ficou e cresceu. D. Severina não acabava de crer que fizesse aquilo; parece que embrulhara os seus desejos na idéia de que era uma criança namorada que ali estava, sem consciência nem imputação; e, meia mãe, meia amiga, inclinara-se e beijara-o. Fosse como fosse, estava confusa, irritada, aborrecida, mal consigo e mal com ele. O medo de que ele podia estar fingindo que dormia apontou-lhe na alma e deu-lhe um calafrio.

Mas a verdade é que dormiu ainda muito, e só acordou para jantar. Sentou-se à mesa lépido. Conquanto achasse D. Severina calada e severa e o solicitador tão ríspido como nos outros dias, nem a rispidez de um, nem a severidade da outra podiam dissipar-lhe a visão graciosa que ainda trazia consigo, ou amortecer-lhe a sensação do beijo. Não reparou que D. Severina tinha um xale que lhe cobria os braços; reparou depois, na segunda-feira, e na terça-feira também, e até sábado, que foi o dia em que Borges mandou dizer ao pai que não podia ficar com ele; e não o fez zangado, porque o tratou relativamente bem e ainda lhe disse à saída:

— Quando precisar de mim para alguma cousa, procure-me.

— Sim, senhor. A Sra. D. Severina...

— Está lá para o quarto, com muita dor de cabeça. Venha amanhã ou depois despedir-se dela.

Inácio saiu sem entender nada. Não entendia a despedida, nem a completa mudança de D. Severina em relação a ele, nem o xale, nem nada. Estava tão bem! Falava-lhe com tanta amizade! Como é que, de repente... Tanto pensou que acabou supondo de sua parte algum olhar indiscreto, alguma distração que a ofendera; não era outra cousa; e daqui a cara fechada e o xale que cobria os braços tão bonitos... Não importa; levava consigo o sabor do sonho. E através dos anos, por meio de outros amores, mais efetivos e longos, nenhuma sensação achou nunca igual à daquele domingo, na rua da Lapa, quando ele tinha quinze anos. Ele mesmo exclama às vezes, sem saber que se engana:

— E foi um sonho! Um simples sonho!

Comentário

José Mindlin vê em "Uns braços" — publicado na *Gazeta de Notícias* de 5 de novembro de 1885 e no livro *Várias histórias* (1895) — uma narrativa complementar a "Missa do Galo". Reaparece o tema do desejo entre a mulher mais velha e o rapaz inexperiente acolhido em sua casa — porém com uma trama que caminha na direção contrária. "O jovem Inácio sonha com os braços de D. Severina, mas é ela quem o beija enquanto ele dorme. Ela sabia perfeitamente o que estava acontecendo, mas ele não consegue discernir o que é sonho e o que é realidade" — turvação confirmada pelo narrador quando encerra o conto com uma frase exclamativa de Inácio sobre a fatídica noite: "E foi um sonho! Um simples sonho!"

"Uns braços" é um conto sobre a ambigüidade dos sentimentos: Inácio deseja D. Severina sem maiores intenções; D. Severina fica indignada com o desejo de que é objeto, acabando por realizar (ainda que de modo tênue) as intenções do outro. Além de realçar tal ambigüidade, Mindlin lança uma hipótese sobre os costumes de época.

"É um quadro que deve ter existido na realidade. Os portugueses se estabeleciam no Rio de Janeiro e incorporavam jovens aprendizes à família, sem perceber o perigo de sedução latente nesse contexto. O chefe da casa tinha a presunção de ser o senhor absoluto;

para ele, a cena de conquista da mulher era algo inverossímil, e por isso nunca chegava a sentir ciúmes — ao passo que sua mulher sabia perfeitamente do risco da situação", diz Mindlin, acrescentando com ironia: "O patrão enriquecido via no aprendiz um possível sucessor — não imaginando que tipo de sucessão poderia acontecer!"

O triângulo amoroso entre o "solicitador" Borges (encarregado de intimações, despachos, atos de cartório), sua mulher (D. Severina) e o escrevente Inácio se insere no tema, característico do romance oitocentista, do jovem que, subordinado na escala social, se vê num ambiente no qual só pode sobreviver por meio da sedução. Exemplo arquetípico é o Julien Sorel de *O vermelho e o negro*, de Stendhal (um dos autores prediletos de Machado de Assis), no qual o herói é contratado como preceptor de uma família burguesa, conquistando os favores da Senhora de Rênal. Mindlin acrescenta que, no caso de "Uns braços", a carga de sensualidade é muito maior do que em "Missa do Galo", e o conto se reporta ao tema do adultério — onipresente na obra de Machado de Assis.

A CARTOMANTE*

Hamlet observa a Horácio que há mais cousas no céu e na terra do que sonha a nossa filosofia. Era a mesma explicação que dava a bela Rita ao moço Camilo, numa sexta-feira de novembro de 1869, quando este ria dela, por ter ido na véspera consultar uma cartomante; a diferença é que o fazia por outras palavras.

— Ria, ria. Os homens são assim; não acreditam em nada. Pois saiba que fui, e que ela adivinhou o motivo da consulta, antes mesmo que eu lhe dissesse o que era. Apenas começou a botar as cartas, disse-me: "A senhora gosta de uma pessoa..." Confessei que sim, e então ela continuou a botar as cartas, combinou-as, e no fim declarou-me que eu tinha medo de que você me esquecesse, mas que não era verdade...

— Errou! — interrompeu Camilo, rindo.

*In: *Várias histórias*.

— Não diga isso, Camilo. Se você soubesse como eu tenho andado, por sua causa. Você sabe; já lhe disse. Não ria de mim, não ria...

Camilo pegou-lhe nas mãos, e olhou para ela sério e fixo. Jurou que lhe queria muito, que os seus sustos pareciam de criança; em todo o caso, quando tivesse algum receio, a melhor cartomante era ele mesmo. Depois, repreendeu-a; disse-lhe que era imprudente andar por essas casas. Vilela podia sabê-lo, e depois...

— Qual saber! Tive muita cautela ao entrar na casa.

— Onde é a casa?

— Aqui perto, na rua da Guarda Velha; não passava ninguém nessa ocasião. Descansa; eu não sou maluca.

Camilo riu outra vez:

— Tu crês deveras nessas cousas? — perguntou-lhe.

Foi então que ela, sem saber que traduzia Hamlet em vulgar, disse-lhe que havia muita cousa misteriosa e verdadeira neste mundo. Se ele não acreditava, paciência; mas o certo é que a cartomante adivinhara tudo. Que mais? A prova é que ela agora estava tranqüila e satisfeita.

Cuido que ele ia falar, mas reprimiu-se. Não queria arrancar-lhe as ilusões. Também ele, em criança, e ainda depois, foi supersticioso, teve um arsenal inteiro de crendices, que a mãe lhe incutiu e que aos vinte anos desapareceram. No dia em que deixou cair toda essa vegetação parasita, e ficou só o tronco da religião, ele, como tivesse recebido da mãe ambos os ensinos, envolveu-os na mesma dúvida, e logo depois em uma só negação total. Camilo não acreditava em nada. Por quê? Não poderia dizê-lo, não possuía um só argumento; limitava-se a negar tudo. E digo mal, porque negar é ainda afirmar, e ele não formulava a incredulidade; diante do mistério, contentou-se em levantar os ombros, e foi andando.

Separaram-se contentes, ele ainda mais que ela. Rita estava certa de ser amada; Camilo não só o estava, mas via-a estremecer e arriscar-se por ele, correr às cartomantes, e, por mais que a repreendesse, não podia deixar de sentir-se lisonjeado. A casa do encontro era na antiga rua dos Barbonos, onde morava uma comprovinciana de Rita. Esta desceu pela rua das Mangueiras, na direção de Botafogo, onde residia; Camilo desceu pela da Guarda Velha, olhando de passagem para a casa da cartomante.

Vilela, Camilo e Rita, três nomes, uma aventura, e nenhuma explicação das origens. Vamos a ela. Os dois primeiros eram amigos de infância. Vilela seguiu a carreira de magistrado. Camilo entrou no funcionalismo, contra a vontade do pai, que queria vê-lo médico; mas o pai morreu, e Camilo preferiu não ser nada, até que a mãe lhe arranjou um emprego público. No princípio de 1869, voltou Vilela da província, onde casara com uma dama formosa e tonta; abandonou a magistratura e veio abrir banca de advogado. Camilo arranjou-lhe casa para os lados de Botafogo, e foi a bordo recebê-lo.

— É o senhor? — exclamou Rita, estendendo-lhe a mão. Não imagina como meu marido é seu amigo; falava sempre do senhor.

Camilo e Vilela olharam-se com ternura. Eram amigos deveras. Depois, Camilo confessou de si para si que a mulher do Vilela não desmentia as cartas do marido. Realmente, era graciosa e viva nos gestos, olhos cálidos, boca fina e interrogativa. Era um pouco mais velha que ambos: contava trinta anos, Vilela vinte e nove e Camilo vinte e seis. Entretanto, o porte grave de Vilela fazia-o parecer mais velho que a mulher, enquanto Camilo era um ingênuo na vida moral e prática. Faltava-lhe tanto a ação do tempo como os óculos de cristal, que a natureza põe no berço de alguns para adiantar os anos. Nem experiência, nem intuição.

Uniram-se os três. Convivência trouxe intimidade. Pouco depois morreu a mãe de Camilo, e nesse desastre, que o foi, os dois mostraram-se grandes amigos dele. Vilela cuidou do enterro, dos sufrágios e do inventário; Rita tratou especialmente do coração, e ninguém o faria melhor.

Como daí chegaram ao amor não soube ele nunca. A verdade é que gostava de passar as horas ao lado dela; era a sua enfermeira moral, quase uma irmã, mas principalmente era mulher e bonita. *Odor di femina*: eis o que ele aspirava nela, e em volta dela, para incorporá-lo em si próprio. Liam os mesmos livros, iam juntos a teatros e passeios. Camilo ensinou-lhe as damas e o xadrez e jogavam às noites — ela mal, ele, para lhe ser agradável, pouco menos mal. Até aí as cousas. Agora a ação da pessoa, os olhos teimosos de Rita, que procuravam muita vez os dele, que os consultavam antes de o fazer ao marido, as mãos frias, as atitudes insólitas. Um dia, fazendo ele anos, recebeu de Vilela uma rica bengala de presente, e de Rita apenas um cartão com um vulgar cumprimento a lápis, e foi então que ele pôde ler no próprio coração; não conseguia arrancar os olhos do bilhetinho. Palavras vulgares; mas há vulgaridades sublimes, ou, pelo menos, deleitosas. A velha caleça de praça, em que pela primeira vez passeaste com a mulher amada, fechadinhos ambos, vale o carro de Apolo. Assim é o homem, assim são as cousas que o cercam.

Camilo quis sinceramente fugir, mas já não pôde. Rita, como uma serpente, foi-se acercando dele, envolveu-o todo, fez-lhe estalar os ossos num espasmo, e pingou-lhe o veneno na boca. Ele ficou atordoado e subjugado. Vexame, sustos, remorsos, desejos, tudo sentiu de mistura; mas a batalha foi curta e a vitória delirante. Adeus, escrúpulos! Não tardou que o sapato se acomodasse ao pé, e aí foram ambos, estrada fora, braços dados, pisando folgadamente por cima de ervas e pedregulhos, sem padecer nada mais que algumas saudades, quando estavam ausentes um do outro. A confiança e estima de Vilela continuavam a ser as mesmas.

Um dia, porém, recebeu Camilo uma carta anônima, que lhe chamava imoral e pérfido, e dizia que a aventura era sabida de todos. Camilo teve medo, e, para desviar as suspeitas, começou a rarear as visitas à casa de Vilela. Este notou-lhe as ausências. Camilo respondeu que o motivo era uma paixão frívola de rapaz. Candura gerou astúcia. As ausências prolongaram-se, e as visitas cessaram inteiramente. Pode ser que entrasse também nisso um pouco de amor-próprio, uma intenção de diminuir os obséquios do marido, para tornar menos dura a aleivosia do ato.

Foi por esse tempo que Rita, desconfiada e medrosa, correu à cartomante para consultá-la sobre a verdadeira causa do procedimento de Camilo. Vimos que a cartomante restitui-lhe a confiança, e que o rapaz repreendeu-a por ter feito o que fez. Correram ainda algumas semanas. Camilo recebeu mais duas ou três cartas anônimas, tão apaixonadas, que não podiam ser advertência de virtude, mas despeito de algum pretendente; tal foi a opinião de Rita, que, por outras palavras mal compostas, formulou este pensamento: — a virtude é preguiçosa e avara, não gasta tempo nem papel; só o interesse é ativo e pródigo.

Nem por isso Camilo ficou mais sossegado; temia que o anônimo fosse ter com Vilela, e a catástrofe viria então sem remédio. Rita concordou que era possível.

— Bem — disse ela —, eu levo os sobrescritos para comparar a letra com a das cartas que lá aparecerem; se alguma for igual, guardo-a e rasgo-a...

Nenhuma apareceu; mas daí a algum tempo Vilela começou a mostrar-se sombrio, falando pouco, como desconfiado. Rita deu-se pressa em dizê-lo ao outro, e sobre isso deliberaram. A opinião dela é que Camilo devia tornar à casa deles, tatear o marido, e pode ser até que lhe ouvisse a confidência de algum negócio particular. Camilo divergia; aparecer depois de tantos meses era confirmar a suspeita ou denúncia. Mais valia acautelarem-se, sacrificando-se por algumas semanas. Combinaram os meios de se corresponderem, em caso de necessidade, e separaram-se com lágrimas.

No dia seguinte, estando na repartição, recebeu Camilo este bilhete de Vilela: "Vem já, já, à nossa casa; preciso falar-te sem demora." Era mais de meio-dia. Camilo saiu logo; na rua, advertiu que teria sido mais natural chamá-lo ao escritório; por que em casa? Tudo indicava matéria especial, e a letra, fosse realidade ou ilusão, afigurou-se-lhe trêmula. Ele combinou todas essas cousas com a notícia da véspera.

— Vem já, já, à nossa casa; preciso falar-te sem demora — repetia ele com os olhos no papel.

Imaginariamente, viu a ponta da orelha de um drama, Rita subjugada e lacrimosa, Vilela indignado, pegando da pena e escrevendo o bilhete, certo de que ele acudiria, e esperando-o para matá-lo. Camilo estremeceu, tinha medo: depois sorriu amarelo, e em todo caso repugnava-lhe a idéia de recuar, e foi andando. De caminho, lembrou-se de ir a casa; podia achar algum recado de Rita, que lhe explicasse tudo. Não achou nada, nem ninguém. Voltou à rua, e a idéia de estarem descobertos parecia-lhe cada vez mais verossímil; era natural uma denúncia anônima, até da própria pessoa que o ameaçara antes; podia ser que Vilela conhecesse agora tudo. A mesma suspensão das suas visitas, sem motivo aparente, apenas com um pretexto fútil, viria confirmar o resto.

Camilo ia andando inquieto e nervoso. Não relia o bilhete, mas as palavras estavam decoradas, diante dos olhos, fixas; ou então — o que era ainda pior — eram-lhe murmuradas ao ouvido, com a própria voz de Vilela. "Vem já, já, à nossa casa; preciso falar-te sem demora." Ditas assim, pela voz do outro, tinham um tom de mistério e ameaça. Vem, já, já, para quê? Era perto de uma hora da tarde. A comoção crescia de minuto a minuto. Tanto imaginou o que se iria passar, que chegou a crê-lo e vê-lo. Positivamente, tinha medo. Entrou a cogitar em ir armado, considerando que, se nada houvesse, nada perdia, e a precaução era útil. Logo depois rejeitava a idéia, vexado de si mesmo, e seguia, picando o passo, na direção do largo da Carioca, para entrar num tílburi. Chegou, entrou e mandou seguir a trote largo.

— Quanto antes, melhor — pensou ele — não posso estar assim...

Mas o mesmo trote do cavalo veio agravar-lhe a comoção. O tempo voava, e ele não tardaria a entestar com o perigo. Quase no fim da rua da Guarda Velha, o tílburi teve de parar; a rua estava atravancada com uma carroça que caíra. Camilo, em si mesmo, estimou o obstáculo, e esperou. No fim de cinco minutos, reparou que ao lado, à esquerda, ao pé do tílburi, ficava a casa da cartomante, a quem Rita consultara uma vez, e nunca ele desejou tanto crer na lição das cartas. Olhou, viu as janelas fechadas, quando todas as outras estavam abertas e pejadas de curiosos do incidente da rua. Dir-se-ia a morada do indiferente Destino.

Camilo reclinou-se no tílburi, para não ver nada. A agitação dele era grande, extraordinária, e do fundo das camadas morais emergiam alguns fantasmas de outro tempo, as velhas crenças, as superstições antigas. O cocheiro propôs-lhe voltar a primeira travessa, e ir por outro caminho; ele respondeu que não, que esperasse. E inclinava-se para fitar a casa... Depois fez um gesto incrédulo: era a idéia de ouvir a cartomante, que lhe passava ao longe, muito longe, com vastas asas cinzentas;

desapareceu, reapareceu, e tornou a esvair-se no cérebro; mas daí a pouco moveu outra vez as asas, mais perto, fazendo uns giros concêntricos... Na rua, gritavam os homens, safando a carroça:

— Anda! Agora! Empurra! Vá! Vá!

Daí a pouco estaria removido o obstáculo. Camilo fechava os olhos, pensava em outras cousas; mas a voz do marido sussurrava-lhe às orelhas as palavras da carta: "Vem, já, já..." E ele via as contorções do drama e tremia. A casa olhava para ele. As pernas queriam descer e entrar... Camilo achou-se diante de um longo véu opaco... Pensou rapidamente no inexplicável de tantas cousas. A voz da mãe repetia-lhe uma porção de casos extraordinários, e a mesma frase do príncipe da Dinamarca reboava-lhe dentro: "Há mais cousas no céu e na terra do que sonha a nossa filosofia..." Que perdia ele, se...?

Deu por si na calçada, ao pé da porta; disse ao cocheiro que esperasse, e rápido enfiou pelo corredor, e subiu a escada. A luz era pouca, os degraus comidos dos pés, o corrimão pegajoso; mas ele não viu nem sentiu nada. Trepou e bateu. Não aparecendo ninguém, teve a idéia de descer; mas era tarde, a curiosidade fustigava-lhe o sangue, as fontes latejavam-lhe; ele tornou a bater uma, duas, três pancadas. Veio uma mulher; era a cartomante. Camilo disse que ia consultá-la, ela fê-lo entrar. Dali subiram ao sótão, por uma escada ainda pior que a primeira e mais escura. Em cima, havia uma salinha, mal alumiada por uma janela, que dava para o telhado dos fundos. Velhos trastes, paredes sombrias, um ar de pobreza, que antes aumentava do que destruía o prestígio.

A cartomante fê-lo sentar diante da mesa, e sentou-se do lado oposto, com as costas para a janela, de maneira que a pouca luz de fora batia em cheio no rosto de Camilo. Abriu uma gaveta e tirou um baralho de cartas compridas e enxovalhadas. Enquanto as baralhava, rapidamente, olhava para ele, não de rosto, mas por baixo dos olhos. Era uma mulher de quarenta anos, italiana, morena e magra, com grandes olhos sonsos e agudos. Voltou três cartas sobre a mesa, e disse-lhe:

— Vejamos primeiro o que é que o traz aqui. O senhor tem um grande susto...

Camilo, maravilhado, fez um gesto afirmativo.

— E quer saber — continuou ela — se lhe acontecerá alguma cousa ou não...

— A mim e a ela — explicou vivamente ele.

A cartomante não sorriu; disse-lhe só que esperasse. Rápido pegou outra vez das cartas e baralhou-as, com os longos dedos finos, de unhas descuradas; baralhou-as bem, transpôs os maços, uma, duas, três vezes; depois começou a estendê-las. Camilo tinha os olhos nela, curioso e ansioso.

— As cartas dizem-me...

Camilo inclinou-se para beber uma a uma as palavras. Então ela declarou-lhe que não tivesse medo de nada. Nada aconteceria nem a um nem a outro; ele, o terceiro, ignorava tudo. Não obstante, era indispensável muita cautela; ferviam invejas e despeitos. Falou-lhe do amor que os ligava, da beleza de Rita... Camilo estava deslumbrado. A cartomante acabou, recolheu as cartas e fechou-as na gaveta.

— A senhora restituiu-me a paz ao espírito — disse ele estendendo a mão por cima da mesa e apertando a da cartomante.

Esta levantou-se, rindo.

— Vá — disse ela — vá, *ragazzo innamorato*...

E de pé, com o dedo indicador, tocou-lhe na testa. Camilo estremeceu, como se fosse a mão da própria sibila, e levantou-se também. A cartomante foi à cômoda, sobre a qual estava um prato com passas, tirou um cacho destas, começou a despencá-las e comê-las, mostrando duas fileiras de dentes que desmentiam as unhas. Nessa mesma ação comum, a mulher tinha um ar particular. Camilo, ansioso por sair, não sabia como pagasse; ignorava o preço.

— Passas custam dinheiro — disse ele afinal, tirando a carteira. Quantas quer mandar buscar?

— Pergunte ao seu coração — respondeu ela.

Camilo tirou uma nota de dez mil-réis, e deu-lha. Os olhos da cartomante fuzilaram. O preço usual era dois mil-réis.

— Vejo bem que o senhor gosta muito dela... E faz bem; ela gosta muito do senhor. Vá, vá tranqüilo. Olhe a escada, é escura; ponha o chapéu...

A cartomante tinha já guardado a nota na algibeira, e descia com ele, falando, com um leve sotaque. Camilo despediu-se dela embaixo, e desceu a escada que levava à rua, enquanto a cartomante, alegre com a paga, tornava acima, cantarolando uma barcarola. Camilo achou o tílburi esperando; a rua estava livre. Entrou e seguiu a trote largo.

Tudo lhe parecia agora melhor, as outras cousas traziam outro aspecto, o céu estava límpido e as caras joviais. Chegou a rir dos seus reccios, que chamou pueris; recordou os termos da carta de Vilela e reconheceu que eram íntimos e familiares. Onde é que ele lhe descobrira a ameaça? Advertiu também que eram urgentes, e que fizera mal em demorar-se tanto; podia ser algum negócio e gravíssimo.

— Vamos, vamos depressa — repetia ele ao cocheiro.

E consigo, para explicar a demora ao amigo, engenhou qualquer cousa; parece que formou também o plano de aproveitar o incidente para tornar à antiga assiduidade... De volta com os planos, reboavam-lhe na alma as palavras da cartomante. Em verdade, ela adivinhara o objeto da consulta, o estado dele, a existência de um terceiro; por que não adivinharia o resto? O presente que se ignora vale o futuro. Era assim, lentas e contínuas, que as velhas crenças do rapaz iam tornando ao de cima, e o mistério empolgava-o com as unhas de ferro. Às vezes queria rir, e ria de si mesmo, algo vexado; mas a mulher, as cartas, as palavras secas e afirmativas, a exortação: "Vá, vá, *ragazzo innamorato*"; e no fim, ao longe, a barcarola da despedida, lenta e graciosa, tais eram os elementos recentes, que formavam, com os antigos, uma fé nova e vivaz.

A verdade é que o coração ia alegre e impaciente, pensando nas horas felizes de outrora e nas que haviam de vir. Ao passar pela Glória, Camilo olhou para o mar, estendeu os olhos para fora, até onde a água e o céu dão um abraço infinito, e teve assim uma sensação do futuro, longo, longo, interminável.

Daí a pouco chegou à casa de Vilela. Apeou-se, empurrou a porta de ferro do jardim e entrou. A casa estava silenciosa. Subiu os seis degraus de pedra, e mal teve tempo de bater, a porta abriu-se, e apareceu-lhe Vilela.

— Desculpa, não pude vir mais cedo; que há?

Vilela não lhe respondeu; tinha as feições decompostas; fez-lhe sinal, e foram para uma saleta interior. Entrando, Camilo não pôde sufocar um grito de terror: ao fundo, sobre o canapé, estava Rita morta e ensangüentada. Vilela pegou-o pela gola, e, com dois tiros de revólver, estirou-o morto no chão.

Comentário

Um dos mais célebres contos de Machado de Assis, "A Cartomante" foi publicado originalmente na *Gazeta de Notícias* de 28 de novembro de 1884 e, em livro, no volume *Várias histórias* (1895). José Mindlin destaca a posição singular que a narrativa adquiriu no conjunto da obra do escritor ao abordar o tema da credulidade — que confere universalidade ao conto. Esse caráter atemporal, continua ele, é realçado pelo contraste com o entorno, com a paisagem urbana pela qual as personagens transitam.

"No trajeto que leva Camilo até a casa dos amigos Vilela e Rita (esposa deste, amante daquele), passando pela casa da cartomante que prevê a felicidade do casal adúltero, Machado consegue captar a cor local do Rio de Janeiro de maneira cativante, transportando o leitor moderno para aquela época. Mas a psicologia das personagens é universal, pois o tema da crendice, misturada à vanidade, é válido até hoje, representa uma das maiores fraquezas humanas."

Mindlin destaca também a habilidosa construção da história, no qual tanto o leitor quanto os dois amantes sucumbem aos vaticínios da cartomante interessada em agradar os clientes. Para o bibliófilo, o leitor cai numa cilada semelhante à do próprio Camilo: de início, este zomba do fato de Rita consultar a vidente; depois, apesar das cartas anônimas recebidas por Vilela e do bilhete sombrio que o marido traído lhe manda, convocando-o a ir a sua casa, Camilo se deixa enganar pela cartomante — o que também acontece com o leitor, que se vê convencido do final feliz e somente após a última cena percebe a obviedade do desfecho arquitetado pelo escritor.

"Em 'A cartomante', Machado de Assis conseguiu conduzir o enredo no sentido de um desenlace tão surpreendente que me lembro, até hoje, do choque que tive na primeira leitura desse conto. Diante do trágico final, fiquei tão surpreso com o desfecho quanto Camilo deve ter ficado quando chegou à casa do Vilela e encontrou Rita morta, sendo assassinado em seguida! Aliás, nem sei se ele teve tempo de ficar espantado... Mas o fato é que essa experiência de leitura foi chocante. 'A cartomante' é desses contos que podem ser relidos muitas vezes, pois, mesmo que tenha perdido o impacto da primeira leitura, conserva o interesse pela construção do texto. O que impressiona é a habilidade de Machado em criar um efeito de surpresa, fazendo surgir o contrário daquilo que se espera, uma dissonância entre aquilo a que a leitura parece conduzir e aquilo que de fato ocorre na narrativa."

PRIMAS DE SAPUCAIA!*

Há umas ocasiões oportunas e fugitivas, em que o acaso nos inflige duas ou três primas de Sapucaia; outras vezes, ao contrário, as primas de Sapucaia são antes um benefício do que um infortúnio.

Era à porta de uma igreja. Eu esperava que as minhas primas Claudina e Rosa tomassem água-benta, para conduzi-las à nossa casa, onde estavam hospedadas. Tinham vindo de Sapucaia, pelo Carnaval, e demoraram-se dous meses na Corte. Era eu que as acompanhava a toda a parte, missas, teatros, rua do Ouvidor, porque minha mãe, com o seu reumático, mal podia mover-se dentro de casa, e elas não sabiam andar sós. Sapucaia era a nossa pátria comum. Embora todos os parentes estivessem dispersos, ali nasceu o tronco da família. Meu tio José Ribeiro, pai destas primas, foi o único, de cinco irmãos,

*In: *Histórias sem data.*

que lá ficou lavrando a terra e figurando na política do lugar. Eu vim cedo para a Corte, donde segui a estudar e bacharelar-me em São Paulo. Voltei uma só vez a Sapucaia, para pleitear uma eleição, que perdi.

Rigorosamente, todas estas notícias são desnecessárias para a compreensão da minha aventura; mas é um modo de ir dizendo alguma cousa, antes de entrar em matéria, para a qual não acho porta grande nem pequena; o melhor é afrouxar a rédea à pena, e ela que vá andando, até achar entrada. Há de haver alguma; tudo depende das circunstâncias, regra que tanto serve para o estilo como para a vida; palavra puxa palavra, uma idéia traz outra, e assim se faz um livro, um governo, ou uma revolução; alguns dizem mesmo que assim é que a natureza compôs as suas espécies.

Portanto, água-benta e porta de igreja. Era a igreja de São José. A missa acabara; Claudina e Rosa fizeram uma cruz na testa, com o dedo polegar, molhado na água-benta e descalçado unicamente para esse gesto. Depois ajustaram os manteletes, enquanto eu, ao portal, ia vendo as damas que saíam. De repente, estremeço, inclino-me para fora, chego mesmo a dar dous passos na direção da rua.

— Que foi, primo?

— Nada, nada.

Era uma senhora, que passara rentezinha com a igreja, vagarosa, cabisbaixa, apoiando-se no chapelinho de sol; ia pela rua da Misericórdia acima. Para explicar a minha comoção, é preciso dizer que era a segunda vez que a via. A primeira foi no Prado Fluminense, dous meses antes, com um homem que, pelos modos, era seu marido, mas tanto podia ser marido como pai. Estava então um pouco de espavento, vestida de escarlate, com grandes enfeites vistosos e umas argolas demasiado grossas nas orelhas; mas os olhos e a boca resgatavam o resto. Namoramos às bandeiras despregadas. Se disser que saí dali apaixonado, não meto a minha alma no inferno, porque é a verdade pura. Saí tonto, mas saí também desapontado, perdi-a de vista na multidão. Nunca mais pude dar com ela, nem ninguém me soube dizer quem fosse.

Calcule-se o meu enfado, vendo que a fortuna vinha trazê-la outra vez ao meu caminho, e que umas primas fortuitas não me deixavam lançar-lhe as mãos. Não será difícil calculá-lo, porque estas primas de Sapucaia tomam todas as formas, e o leitor, se não as teve de um modo, teve-as de outro. Umas vezes copiam o ar confidencial de um cavalheiro informado da última crise do ministério, de todas as causas aparentes ou secretas, dissensões novas ou antigas, interesses agravados, conspiração, crise. Outras vezes, enfronham-se na figura daquele eterno cidadão que afirma, de um modo ponderoso e abotoado, que não há leis sem costumes, *nisi lege sine moribus.*

Outras, afivelam a máscara de um Dangeau de esquina, que nos conta miudamente as fitas e rendas que esta, aquela, aqueloutra dama levara ao baile ou ao teatro. E durante esse tempo, a Ocasião passa, vagarosa, cabisbaixa, apoiando-se no chapelinho de sol: passa, dobra a esquina, e adeus... O ministério esfacelava-se; malinas e bruxelas; *nisi lege sine moribus*...

Estive a pique de dizer às primas que se fossem embora; morávamos na rua do Carmo, não era longe; mas abri mão da idéia. Já na rua pensei também em deixá-las na igreja, à minha espera, e ir ver se agarrava a Ocasião pela calva. Creio mesmo que cheguei a parar um momento, mas rejeitei igualmente esse alvitre e fui andando.

Fui andando com elas para o lado oposto ao da minha incógnita. Olhei para trás repetidas vezes, até perdê-la numa das curvas da rua, com os olhos no chão, como quem reflete, devaneia ou espera uma hora marcada. Não minto dizendo que esta última idéia trouxe-me a emoção do ciúme. Sou exclusivo e pessoal; daria um triste amante de mulheres casadas. Não importa que entre mim e aquela dama existisse apenas uma contemplação fugitiva de algumas horas; desde que a minha personalidade ia para ela, a partilha tornava-se-me insuportável. Sou também imaginoso; engenhei logo uma aventura e um aventureiro, dei-me ao prazer mórbido de afligir-me sem motivo nem necessidade. As primas iam adiante, e falavam-me de quando em quando; eu respondia mal, se respondia alguma cousa. Cordialmente, execrava-as.

Ao chegar à porta de casa, consultei o relógio, como se tivesse alguma cousa que fazer; depois disse às primas que subissem e fossem almoçando. Corri à rua da Misericórdia. Fui primeiro até à Escola de Medicina; depois voltei e vim até à Câmara dos Deputados, então mais devagar, esperando vê-la ao chegar a cada curva da rua; mas nem sombra. Era insensato, não era? Todavia, ainda subi outra vez a rua, porque adverti que, a pé e devagar, mal teria tempo de ir em meio da praia de Santa Luzia, se acaso não parara antes; e aí fui, rua acima e praia fora, até ao Convento da Ajuda. Não encontrei nada, cousa nenhuma. Nem por isso perdi as esperanças; arrepiei caminho e vim, a passo lento ou apressado, conforme se me afigurava que era possível apanhá-la adiante, ou dar tempo a que saísse de alguma parte. Desde que a minha imaginação reproduzia a dama, todo eu sentia um abalo, como se realmente tivesse de vê-la daí a alguns minutos. Compreendi a emoção dos doudos.

Entretanto, nada. Desci a rua sem achar o menor vestígio da minha incógnita. Felizes os cães, que pelo faro dão com os amigos! Quem sabe se não estaria ali bem perto, no interior de alguma casa, talvez a própria casa dela? Lembrou-me indagar; mas de quem, e como? Um padeiro, encostado ao portal, espiava-me; algumas mulheres faziam a mesma cousa enfiando os olhos pelos postigos. Naturalmente desconfiavam do transeunte, do andar vagaroso ou apressado, do olhar inquisidor, do gesto inquieto. Deixei-me ir até à Câmara dos Deputados, e parei uns cinco minutos, sem saber que fizesse. Era perto de meio-dia. Esperei mais dez minutos, depois mais cinco, parado, com a esperança de vê-la; afinal, desesperei e fui almoçar.

Não almocei em casa. Não queria ver os demônios das primas, que me impediram de seguir a dama incógnita. Fui a um hotel. Escolhi uma mesa no fim da sala, e sentei-me de costas para as outras; não queria ser visto nem conversado. Comecei a comer o que me deram. Pedi alguns jornais, mas confesso que não li nada seguidamente, e apenas entendi três quartas partes do que ia lendo. No meio de uma notícia ou de um artigo, escorregava-me o espírito e caía na rua da Misericórdia, à porta da igreja, vendo passar a incógnita, vagarosa, cabisbaixa, apoiando-se no chapelinho de sol.

A última vez que me aconteceu essa separação da OUTRA e da BESTA, estava já no café, e tinha diante de mim um discurso parlamentar. Achei-me ainda uma vez à porta da igreja; imaginei então que as primas não estavam comigo, e que eu seguia atrás da bela dama. Assim é que se consolam os preteridos da loteria; assim é que se fartam as ambições malogradas.

Não me peçam minúcias nem preliminares do encontro. Os sonhos desdenham as linhas finas e o acabado das paisagens; contentam-se de quatro ou cinco brochadas grossas, mas representativas. Minha imaginação galgou as dificuldades da primeira fala, e foi direita à rua do Lavradio ou dos Inválidos, à própria casa de Adriana. Chama-se Adriana. Não viera à rua da Misericórdia por motivo de amores, mas a ver alguém, uma parenta ou uma comadre, ou uma costureira. Conheceu-me, e teve igual comoção. Escrevi-lhe; respondeu-me. Nossas pessoas foram uma para a outra por cima de uma multidão de regras morais e de perigos. Adriana é casada; o marido conta cinqüenta e dous anos, ela trinta imperfeitos. Não amou nunca, não amou mesmo o marido, com quem casou por obedecer à família. Eu ensinei-lhe ao mesmo tempo o amor e a traição; é o que ela me diz nesta casinha que aluguei fora da cidade, de propósito para nós.

Ouço-a embriagado. Não me enganei; é a mulher ardente e amorosa, qual me diziam os seus olhos, olhos de touro, como os de Juno, grandes e redondos. Vive de mim e para mim. Escrevemo-nos todos os dias; e, apesar disso, quando nos encontramos na casinha, é como se mediara um século. Creio até que o coração dela ensinou-me alguma cousa, embora noviço, ou por isso mesmo. Nesta matéria desaprende-se com o uso, e o ignorante é que é douto. Adriana não dissimula a alegria nem as lágrimas; escreve o que pensa, conta o que o sente; mostra-me que não somos dous, mas um, tão-somente um ente universal, para quem Deus criou o sol e as flores, o papel e a tinta, o correio e as carruagens fechadas.

Enquanto ideava isto, creio que acabei de beber o café; lembra-me que o criado veio à mesa e retirou a xícara e o açucareiro. Não sei se lhe pedi fogo, provavelmente viu-me com o charuto na mão e trouxe-me fósforos.

Não juro, mas penso que acendi o charuto, porque daí a um instante, através de um véu de fumaça, vi a cabeça meiga e enérgica da minha bela Adriana, encostada a um sofá. Eu estou de joelhos, ouvindo-lhe a narração da última rusga do marido. Que ele já desconfia; ela sai muitas vezes, distrai-se, absorve-se, aparece-lhe triste ou alegre sem motivo, e o marido começa a ameaçá-la. Ameaçá-la de quê? Digo-lhe que, antes de qualquer excesso, era melhor deixá-lo, para viver comigo, publicamente, um para o outro. Adriana escuta-me pensativa, cheia de Eva, namorada do demônio, que lhe sussurra de fora o que o coração lhe diz de dentro. Os dedos afagam-me os cabelos.

— Pois sim! Pois sim!

Veio no dia seguinte, consigo mesma, sem marido, sem sociedade, sem escrúpulos, tão-somente consigo, e fomos dali viver juntos. Nem ostentação, nem resguardo. Supusemo-nos estrangeiros, e realmente não éramos outra cousa; falávamos uma língua que nunca ninguém antes falara nem ouvira. Os outros amores eram, desde séculos, verdadeiras contrafações; nós dávamos a edição autêntica. Pela primeira vez, imprimia-se o manuscrito divino, um grosso volume que nós dividíamos em tantos capítulos e parágrafos quantas eram as horas do dia ou os dias da semana. O estilo era tecido de sol e música; a linguagem compunha-se da fina flor dos outros vocabulários. Tudo o que neles existia, meigo ou vibrante, foi extraído pelo autor para formar esse livro único — livro sem índice, porque era infinito — sem margens, para que o fastio não viesse escrever nelas as suas notas; sem fita, porque já não tínhamos precisão de interromper a leitura e marcar a página.

Uma voz chamou-me à realidade. Era um amigo que acordara tarde, e vinha almoçar. Nem o sonho me deixava esta outra prima de Sapucaia! Cinco minutos depois despedi-me e saí; eram duas horas passadas.

Vexa-me dizer que ainda fui à rua da Misericórdia, mas é preciso narrar tudo: fui e não achei nada. Voltei nos dias seguintes sem outro lucro, além do tempo perdido. Resignei-me a abrir mão da aventura, ou esperar a solução do acaso. As primas achavam-me aborrecido ou doente; não lhes disse que não. Daí a oito dias foram-se embora, sem me deixar saudades; despedi-me delas como de uma febre maligna.

A imagem da minha incógnita não me deixou durante muitas semanas. Na rua, enganei-me várias vezes. Descobria ao longe uma figura, que era tal qual a outra; picava os calcanhares até apanhá-la e desenganar-me. Comecei a achar-me ridículo; mas lá vinha uma hora ou um minuto, uma sombra ao longe, e a preocupação revivia. Afinal vieram outros cuidados, e não pensei mais nisso.

No princípio do ano seguinte, fui a Petrópolis; fiz a viagem com um antigo companheiro de estudos, Oliveira, que foi promotor em Minas Gerais, mas abandonara ultimamente a carreira por ter recebido uma herança. Estava alegre como nos tempos da academia; mas de quando em quando calava-se, olhando para fora da barca ou da caleça, com a atonia de quem regala a alma de uma recordação, de uma esperança ou de um desejo. No alto da serra perguntei-lhe para que hotel ia; respondeu que ia para uma casa particular, mas não me disse aonde, e até desconversou. Cuidei que me visitaria no dia seguinte; mas nem me visitou, nem o vi em parte alguma. Outro colega nosso ouvira dizer que ele tinha uma casa para os lados da Renânia.

Nenhuma destas circunstâncias voltaria à memória, se não fosse a notícia que me deram dias depois. Oliveira tirara uma mulher ao marido, e fora refugiar-se com ela em Petrópolis. Deram-me o nome do marido e o dela. O dela era Adriana. Confesso que, embora o nome da outra fosse pura invenção minha, estremeci ao ouvi-lo; não seria a mesma mulher? Vi logo depois que era pedir muito ao acaso. Já faz bastante esse pobre oficial das cousas humanas concertando alguns fios dispersos; exigir que os reate a todos, e com os mesmos títulos, é saltar da realidade na novela. Assim falou o meu bom senso, e nunca disse tão gravemente uma tolice, pois as duas mulheres eram nada menos que a mesmíssima.

Vi-a três semanas depois, indo visitar o Oliveira, que viera doente da Corte. Subimos juntos na véspera; no meio da serra, começou ele a sentir-se incomodado; no alto estava febril. Acompanhei-o no carro até a casa, e não entrei, porque ele dispensou-me o incômodo. Mas no dia seguinte fui vê-lo, um pouco por amizade, outro pouco por avidez de conhecer a incógnita. Vi-a; era ela, era a minha, era a única Adriana.

Oliveira sarou depressa, e, apesar do meu zelo em visitá-lo, não me ofereceu a casa; limitou-se a vir ver-me no hotel. Respeitei-lhe os motivos; mas eles mesmos é que faziam reviver a antiga preocupação. Considerei que, além das razões de decoro, havia da parte dele um sentimento de ciúme, filho de um sentimento de amor, e que um e outro podiam ser a prova de um complexo de qualidades finas e grandes naquela mulher. Isto bastava a transtornar-me; mas a idéia de que a paixão dela não seria menor que a dele, o quadro desse casal que fazia uma só alma e pessoa, excitou em mim todos os nervos da inveja. Baldei esforços para ver se metia o pé na casa; cheguei a falar-lhe do boato que corria; ele sorria e tratava de outra cousa.

Acabou a estação de Petrópolis, e ele ficou. Creio que desceu em julho ou agosto. No fim do ano encontramo-nos casualmente; achei-o um pouco taciturno e preocupado. Vi-o ainda outras vezes, e não me pareceu diferente, a não ser que, além de taciturno, trazia na fisionomia uma longa prega de desgosto. Imaginei que eram efeitos da aventura, e, como não estou aqui para empulhar ninguém, acrescento que tive uma sensação de prazer. Durou pouco; era o demônio que trago em mim, e costuma fazer desses esgares de saltimbanco. Mas castiguei-o depressa, e pus no lugar dele o anjo, que também uso, e que se compadeceu do pobre rapaz, qualquer que fosse o motivo da tristeza.

Um vizinho dele, amigo nosso, contou-me alguma cousa, que me confirmou a suspeita de desgostos domésticos; mas foi ele mesmo quem me disse tudo, um dia, perguntando-lhe eu, estouvadamente, o que é que tinha que o mudara tanto.

— Que hei de ter? Imagina tu que comprei um bilhete de loteria, e nem tive, ao menos, o gosto de não tirar nada; tirei um escorpião.

E, como eu franzisse a testa interrogativamente:

— Ah! Se soubesses metade só das cousas que me têm acontecido! Tens tempo? Vamos aqui ao Passeio Público.

Entramos no jardim, e metemo-nos por uma das alamedas. Contou-me tudo. Gastou duas horas em desfiar um rosário infinito de misérias. Vi através da narração duas índoles incompatíveis, unidas pelo amor ou pelo pecado, fartas uma da outra, mas condenadas à convivência e ao ódio. Ele nem podia deixá-la nem suportá-la. Nenhuma estima, nenhum respeito, alegria rara e impura; uma vida gorada.

— Gorada — repetia ele, gesticulando afirmativamente com a cabeça. — Não tem que ver; a minha vida gorou. Hás de lembrar-te dos nossos planos da academia, quando nos propúnhamos, tu a ministro do Império, eu da Justiça. Podes guardar as duas pastas; não serei nada, nada. O ovo, que devia dar uma águia, não chega a dar um frango. Gorou completamente. Há ano e meio que ando nisso, e não acho saída nenhuma; perdi a energia...

Seis meses depois, encontrei-o aflito e desvairado. Adriana deixara-o para ir estudar geometria com um estudante da antiga Escola Central. Tanto melhor, disse-lhe eu. Oliveira olhou para o chão envergonhado; despediu-se, e correu em procura dela. Achou-a daí a algumas semanas, disseram as últimas um ao outro, e no fim reconciliaram-se. Comecei então a visitá-los, com a idéia de os separar um do outro. Ela estava ainda bonita e fascinante; as maneiras eram finas e meigas, mas evidentemente de empréstimo, acompanhadas de umas atitudes e gestos cujo intuito latente era atrair-me e arrastar-me.

Tive medo e retraí-me. Não se mortificou; deitou fora a capa de renda, restituiu-se ao natural. Vi então que era ferrenha, manhosa, injusta, muita vez grosseira; em alguns lances notei-lhe uma nota de perversidade. Oliveira, nos primeiros tempos, para fazer-me crer que mentira ou exagerara, suportava tudo rindo; era a vergonha da própria fraqueza. Mas não pôde guardar a máscara; ela arrancou-lha um dia, sem piedade, denunciando as humilhações em que ele caía, quando eu não estava presente. Tive nojo da mulher e pena do pobre-diabo. Convidei-o abertamente a deixá-la, ele hesitou, mas prometeu que sim.

— Realmente, não posso mais...

Combinamos tudo; mas, no momento da separação, não pôde. Ela embebeu-lhe novamente os seus grandes olhos de touro e de basilisco, e desta vez —, ó minhas queridas primas de Sapucaia! — desta vez para só deixá-lo exausto e morto.

Comentário

"Primas de Sapucaia!" — publicado na *Gazeta de Notícias* de 24 de outubro de 1883, e posteriormente em *Histórias sem data*, 1884 — é um conto que Mindlin aproxima a "Singular ocorrência" (não incluído na presente antologia, mas entre seus preferidos na obra de Machado de Assis). Neste, temos uma personagem, Andrade, que se enamora perdidamente por Marocas, torna-se seu amante e, mesmo depois de traído, de perceber na cortesã a invencível "nostalgia da lama", rompe os laços familiares para se entregar a uma paixão fadada à catástrofe.

Em "Primas de Sapucaia!", a trama se repete, porém com novo elemento: um narrador que testemunha a desgraça de um amigo (Oliveira), mas que está, também ele, hipnotizado pela figura de Adriana, mulher ao mesmo tempo sedutora e perversa. Mindlin vê realizado nesse conto o tema da ilusão amorosa, "do homem que deseja muito uma mulher e depois verifica que o encanto não era real, a ponto de não agüentar nem sequer sua presença — e que suspira aliviado ao constatar que as tais 'primas de Sapucaia', que inicialmente impediram o encontro amoroso, na verdade o haviam salvado do destino infeliz do amigo".

"O narrador" — continua Mindlin — "conhece Adriana, mas a coisa não caminha. Depois, para seu espanto, ela se casa com Oliveira, mas a gravidade da ofensa não foi suficiente para arrefecer sua paixão. Ao final, testemunha a loucura do marido humilhado pela mulher 'manhosa, injusta, muita vez grosseira' — marido que bem poderia ter sido ele!"

Leitor apaixonado de Proust, Mindlin vê um elo entre o narrador de "Primas de Sapucaia!" e o protagonista de *Um amor de Swann*. No romance do escritor francês (parte de *Em busca do tempo perdido*, ciclo monumental sobre a sociedade do século XIX), os ciúmes doentios de Swann em relação a Odette de Crécy culminam na desoladora declaração final: "Mas eu sofri tanto por uma mulher que não me amava e que nem era meu tipo."

No conto de Machado, observa Mindlin, existe o mesmo sentimento de decepção, porém com sensação de alívio: "De início, o protagonista deseja Adriana com veemência; ao final, percebe ter escapado dos reveses de uma visão equivocada. Há algo de Proust nessa narrativa sobre a visão errada, sobre a pessoa que vê no outro qualidades que não existem, que estão dentro de quem ama, e não de quem é amado. No conto de Machado, existem duas situações: a da sedução e a da visão equivocada; um escapa e o outro (a quem ele tenta ajudar) sucumbe. É um tema universal, que reaparecerá, por exemplo, em livros como *A servidão humana*, de Somerset Maugham, e *O anjo azul*, de Heinrich Mann."

O ENFERMEIRO*

Pareceu-lhe então que o que se deu comigo em 1860, pode entrar numa página de livro? Vá que seja, com a condição única de que não há de divulgar nada antes da minha morte. Não esperará muito, pode ser que oito dias, se não for menos; estou desenganado.

Olha, eu podia mesmo contar-lhe a minha vida inteira, em que há outras cousas interessantes, mas para isso era preciso tempo, ânimo e papel, e eu só tenho papel; o ânimo é frouxo, e o tempo assemelha-se à lamparina de madrugada. Não tarda o sol do outro dia, um sol dos diabos, impenetrável como a vida. Adeus, meu caro senhor, leia isto e queira-me bem; perdoe-me o que lhe parecer mau, e não maltrate muito a arruda, se lhe não cheira a rosas. Pediu-me um documento humano, ei-lo aqui. Não me peça também o império do Grão-Mogol,

*In: *Várias histórias*.

nem a fotografia dos Macabeus; peça, porém, os meus sapatos de defunto e não os dou a ninguém mais.

Já sabe que foi em 1860. No ano anterior, ali pelo mês de agosto, tendo eu quarenta e dois anos, fiz-me teólogo — quero dizer, copiava os estudos de teologia de um padre de Niterói, antigo companheiro de colégio, que assim me dava, delicadamente, casa, cama e mesa. Naquele mês de agosto de 1859, recebeu ele uma carta de um vigário de certa vila do interior perguntando se conhecia pessoa entendida, discreta e paciente, que quisesse ir servir de enfermeiro ao coronel Felisberto, mediante um bom ordenado. O padre falou-me, aceitei com ambas as mãos, estava já enfarado de copiar citações latinas e fórmulas eclesiásticas. Vim à Corte despedir-me de um irmão, e segui para a vila.

Chegando à vila, tive más notícias do coronel. Era homem insuportável, estúrdio, exigente, ninguém o aturava, nem os próprios amigos. Gastava mais enfermeiros que remédios. A dous deles quebrou a cara. Respondi que não tinha medo de gente sã, menos ainda de doentes; e depois de entender-me com o vigário, que me confirmou as notícias recebidas, e me recomendou mansidão e caridade, segui para a residência do coronel.

Achei-o na varanda da casa estirado numa cadeira, bufando muito. Não me recebeu mal. Começou por não dizer nada; pôs em mim dous olhos de gato que observa;

depois, uma espécie de riso maligno alumiou-lhe as feições, que eram duras. Afinal, disse-me que nenhum dos enfermeiros que tivera prestava para nada, dormiam muito, eram respondões e andavam ao faro das escravas; dous eram até gatunos!

— Você é gatuno?

— Não, senhor.

Em seguida, perguntou-me pelo nome: disse-lho e ele fez um gesto de espanto. Colombo? Não, senhor: Procópio José Gomes Valongo. Valongo? Achou que não era nome de gente, e propôs chamar-me tão-somente Procópio, ao que respondi que estaria pelo que fosse de seu agrado. Conto-lhe esta particularidade, não só porque me parece pintá-lo bem, como porque a minha resposta deu de mim a melhor idéia ao coronel. Ele mesmo o declarou ao vigário, acrescentando que eu era o mais simpático dos enfermeiros que tivera. A verdade é que vivemos uma lua-de-mel de sete dias.

No oitavo dia, entrei na vida dos meus predecessores, uma vida de cão, não dormir, não pensar em mais nada, recolher injúrias, e, às vezes, rir delas, com um ar de resignação e conformidade; reparei que era um modo de lhe fazer corte. Tudo impertinências da moléstia e do temperamento. A moléstia era um rosário delas, padecia de aneurisma, de reumatismo e de três ou quatro afecções menores. Tinha perto de sessenta anos, e desde os cinco toda a gente lhe fazia a vontade. Se fosse só rabugento, vá; mas ele era também mau, deleitava-se com a dor e a humilhação dos outros. No fim de três meses estava farto de o aturar; determinei vir embora; só esperei ocasião.

Não tardou a ocasião. Um dia, como lhe não desse a tempo uma fomentação, pegou da bengala e atirou-me dous ou três golpes. Não era preciso mais; despedi-me imediatamente, e fui aprontar a mala. Ele foi ter comigo, ao quarto, pediu-me que ficasse, que não valia a pena zangar por uma rabugice de velho. Instou tanto que fiquei.

— Estou na dependura, Procópio — dizia-me ele à noute —, não posso viver muito tempo. Estou aqui, estou na cova. Você há de ir ao meu enterro, Procópio; não o dispenso por nada. Há de ir, há de rezar ao pé da minha sepultura. Se não for — acrescentou rindo —, eu voltarei de noite para lhe puxar as pernas. Você crê em almas de outro mundo, Procópio?

— Qual o quê!

— E por que é que não há de crer, *seu* burro? — redargüiu vivamente, arregalando os olhos.

Eram assim as pazes; imagine a guerra. Coibiu-se das bengaladas; mas as injúrias ficaram as mesmas, se não piores. Eu, com o tempo, fui calejando, e não dava mais por nada; era burro, camelo, pedaço d'asno, idiota, moleirão, era tudo. Nem, ao menos, havia mais gente que recolhesse uma parte desses nomes. Não tinha parentes; tinha um sobrinho que morreu tísico, em fins de maio ou princípios de junho, em Minas. Os amigos iam por lá às vezes aprová-lo, aplaudi-lo, e nada mais; cinco, dez minutos de visita. Restava eu; era eu sozinho para um dicionário inteiro. Mais de uma vez resolvi sair; mas, instado pelo vigário, ia ficando.

Não só as relações foram-se tornando melindrosas, mas eu estava ansioso por tornar à Corte. Aos quarenta e dous anos não é que havia de acostumar-me à reclusão constante, ao pé de um doente bravio, no interior. Para avaliar o meu isolamento, basta saber que eu nem lia os jornais; salvo alguma notícia mais importante que levavam ao coronel, eu nada sabia do resto do mundo. Entendi, portanto, voltar para a Corte, na primeira ocasião, ainda que tivesse de brigar com o vigário. Bom é dizer (visto que faço uma confissão geral) que, nada gastando e tendo guardado integralmente os ordenados, estava ansioso por vir dissipá-los aqui.

Era provável que a ocasião aparecesse. O coronel estava pior, fez testamento, descompondo o tabelião, quase tanto como a mim. O trato era mais duro, os breves lapsos de sossego e brandura faziam-se raros. Já por esse tempo tinha eu perdido a escassa dose de piedade que me fazia esquecer os excessos do doente; trazia dentro de mim um fermento de ódio e aversão. No princípio de agosto resolvi definitivamente sair; o vigário e o médico, aceitando as razões, pediram-me que ficasse algum tempo mais. Concedi-lhes um mês; no fim de um mês viria embora, qualquer que fosse o estado do doente. O vigário tratou de procurar-me substituto.

Vai ver o que aconteceu. Na noite de vinte e quatro de agosto, o coronel teve um acesso de raiva, atropelou-me, disse-me muito nome cru, ameaçou-me de um tiro, e acabou atirando-me um prato de mingau, que achou frio; o prato foi cair na parede, onde se fez em pedaços.

— Hás de pagá-lo, ladrão! — bradou ele.

Resmungou ainda muito tempo. Às onze horas passou pelo sono. Enquanto ele dormia, saquei um livro do bolso, um velho romance de d'Arlincourt, traduzido, que lá achei, e pus-me a lê-lo, no mesmo quarto, a pequena distância da cama; tinha de acordá-lo à meia-noite para lhe dar o remédio. Ou fosse de cansaço, ou do livro, antes de chegar ao fim da segunda página adormeci também. Acordei aos gritos do coronel, e levantei-me estremunhado. Ele, que parecia delirar, continuou nos mesmos gritos, e acabou por lançar mão da moringa e arremessá-la contra mim. Não tive tempo de desviar-me; a moringa bateu-me na face esquerda, e tal foi a dor que não vi mais nada; atirei-me ao doente, pus-lhe as mãos ao pescoço, lutamos, e esganei-o.

Quando percebi que o doente expirava, recuei aterrado, e dei um grito; mas ninguém me ouviu. Voltei à cama, agitei-o para chamá-lo à vida, era tarde; arrebentara o aneurisma, e o coronel morreu. Passei à sala contígua, e durante duas horas não ousei voltar ao quarto. Não posso mesmo dizer tudo o que passei, durante esse tempo. Era um atordoamento, um delírio vago e estúpido. Parecia-me que as paredes tinham vultos; escutava umas vozes surdas. Os gritos da vítima, antes da luta e durante a luta, continuavam a repercutir dentro de mim, e o ar, para onde quer que me voltasse, aparecia recortado de convulsões. Não creia que esteja fazendo imagens nem estilo; digo-lhe que eu ouvia distintamente umas vozes que me bradavam: assassino! Assassino!

Tudo o mais estava calado. O mesmo som do relógio, lento, igual e seco, sublinhava o silêncio e a solidão. Colava a orelha à porta do quarto na esperança de ouvir um gemido, uma palavra, uma injúria, qualquer cousa que significasse a vida, e me restituísse a paz à consciência. Estaria pronto a apanhar das mãos do coronel, dez, vinte, cem vezes. Mas nada, nada; tudo calado. Voltava a andar à toa, na sala, sentava-me, punha as mãos na cabeça; arrependia-me de ter vindo. "Maldita a hora em que aceitei semelhante cousa!", exclamava. E descompunha o padre de Niterói, o médico, o vigário, os que me arranjaram um lugar, e os que me pediram para ficar mais algum tempo. Agarrava-me à cumplicidade dos outros homens.

Como o silêncio acabasse por aterrar-me, abri uma das janelas, para escutar o som do vento, se ventasse. Não ventava. A noite ia tranqüila, as estrelas fulguravam, com a indiferença de pessoas que tiram o chapéu a um enterro que passa, e continuam a falar de outra cousa. Encostei-me ali por algum tempo, fitando a noite, deixando-me ir a uma recapitulação da vida, a ver se descansava da dor presente. Só então posso dizer que pensei claramente no castigo. Achei-me com um crime às costas e vi a punição certa. Aqui o temor complicou o remorso. Senti que os cabelos me ficavam de pé. Minutos depois, vi três ou quatro vultos de pessoas, no terreiro, espiando, com um ar de emboscada; recuei; os vultos esvaíram-se no ar; era uma alucinação.

Antes do alvorecer curei a contusão da face. Só então ousei voltar ao quarto. Recuei duas vezes, mas era preciso e entrei; ainda assim, não cheguei logo à cama. Tremiam-me as pernas, o coração batia-me; cheguei a pensar na fuga; mas era confessar o crime, e, ao contrário, urgia fazer desaparecer os vestígios dele. Fui até a cama; vi o cadáver, com os olhos arregalados e a boca aberta, como deixando passar a eterna palavra dos séculos: "Caim, que fizeste de teu irmão?" Vi no pescoço o sinal das minhas unhas; abotoei alto a camisa e cheguei ao queixo a ponta do lenço. Em seguida, chamei um escravo, disse-lhe que o coronel amanhecera morto; mandei recado ao vigário e ao médico.

A primeira idéia foi retirar-me logo cedo, a pretexto de ter meu irmão doente, e, na verdade, recebera carta dele, alguns dias antes, dizendo-me que se sentia mal. Mas adverti que a retirada imediata poderia fazer despertar suspeitas, e fiquei. Eu mesmo amortalhei o cadáver, com o auxílio de um preto velho e míope. Não saí da sala mortuária; tinha medo de que descobrissem alguma cousa. Queria ver no rosto dos outros se desconfiavam; mas não ousava fitar ninguém. Tudo me dava impaciências: os passos de ladrão com que entravam na sala, os cochichos, as cerimônias e as rezas do vigário. Vindo a hora, fechei o caixão, com as mãos trêmulas, tão trêmulas que uma pessoa, que reparou nelas, disse a outra com piedade:

— Coitado do Procópio! Apesar do que padeceu, está muito sentido.

Pareceu-me ironia; estava ansioso por ver tudo acabado. Saímos à rua. A passagem da meia-escuridão da casa para a claridade da rua deu-me grande abalo; receei que fosse então impossível ocultar o crime. Meti os olhos no chão, e fui andando. Quando tudo acabou, respirei. Estava em paz com os homens. Não o estava com a consciência, e as primeiras noites foram naturalmente de desassossego e aflição. Não é preciso dizer que vim logo para o Rio de Janeiro, nem que vivi aqui aterrado, embora longe do crime; não ria, falava pouco, mal comia, tinha alucinações, pesadelos...

— Deixa lá o outro que morreu — diziam-me. — Não é caso para tanta melancolia.

E eu aproveitava a ilusão, fazendo muitos elogios ao morto, chamando-lhe boa criatura, impertinente, é verdade, mas um coração de ouro. E, elogiando, convencia-me também, ao menos por alguns instantes. Outro fenômeno interessante, e que talvez lhe possa aproveitar, é que, não sendo religioso, mandei dizer uma missa pelo eterno descanso do coronel, na igreja do Sacramento. Não fiz convites, não disse nada a ninguém; fui ouvi-la, sozinho, e estive de joelhos todo o tempo, persignando-me a miúdo. Dobrei a espórtula do padre, e distribuí esmolas à porta, tudo por intenção do finado. Não queria embair os homens; a prova é que fui só. Para completar este ponto, acrescentarei que nunca aludia ao coronel, que não dissesse: "Deus lhe fale n'alma!" E contava dele algumas anedotas alegres, rompantes engraçados...

Sete dias depois de chegar ao Rio de Janeiro, recebi a carta do vigário, que lhe mostrei, dizendo-me que fora achado o testamento do coronel, e que eu era o herdeiro universal. Imagine o meu pasmo. Pareceu-me que lia mal, fui a meu irmão, fui aos amigos; todos leram a mesma cousa. Estava escrito; era eu o herdeiro universal do coronel. Cheguei a supor que fosse uma cilada; mas adverti logo que havia outros meios de capturar-me, se o crime estivesse descoberto. Demais, eu conhecia a probidade do vigário, que não se prestaria a ser instrumento. Reli a carta, cinco, dez, muitas vezes; lá estava a notícia.

— Quanto tinha ele? — perguntava-me meu irmão.

— Não sei, mas era rico.

— Realmente, provou que era teu amigo.

— Era... Era...

Assim, por uma ironia da sorte, os bens do coronel vinham parar às minhas mãos. Cogitei em recusar a herança. Parecia-me odioso receber um vintém do tal espólio; era pior do que fazer-me esbirro alugado. Pensei nisso três dias, e esbarrava sempre na consideração de que a recusa podia fazer desconfiar alguma cousa. No fim dos três dias, assentei num meio-termo; receberia a herança e dá-la-ia toda, aos bocados e às escondidas. Não era só escrúpulo; era também o modo de resgatar o crime por um ato de virtude; pareceu-me que ficava assim de contas saldas.

Preparei-me e segui para a vila. Em caminho, à proporção que me ia aproximando, recordava o triste sucesso; as cercanias da vila tinham um aspecto de tragédia, e a sombra do coronel parecia-me surgir de cada lado. A imaginação ia reproduzindo as palavras, os gestos, toda a noite horrenda do crime...

Crime ou luta? Realmente, foi uma luta em que eu, atacado, defendi-me, e na defesa... Foi uma luta desgraçada, uma fatalidade. Fixei-me nessa idéia. E balanceava os agravos, punha no ativo as pancadas, as injúrias... Não era culpa do coronel, bem o sabia, era da moléstia, que o tornava assim rabugento e até mau... Mas eu perdoava tudo, tudo... O pior foi a fatalidade daquela noite... Considerei também que o coronel não podia viver muito mais; estava por pouco; ele mesmo o sentia e dizia. Viveria quanto? Duas semanas, ou uma; pode ser até que menos. Já não era vida, era um molambo de vida, se isto mesmo se podia chamar ao padecer contínuo do pobre homem... E quem sabe mesmo se a luta e a morte não foram apenas coincidentes? Podia ser, era até o mais provável; não foi outra cousa. Fixei-me também nessa idéia...

Perto da vila apertou-se-me o coração, e quis recuar; mas dominei-me e fui. Receberam-me com parabéns. O vigário disse-me as disposições do testamento, os legados pios, e de caminho ia louvando a mansidão cristã e o zelo com que eu servira ao coronel, que, apesar de áspero e duro, soube ser grato.

— Sem dúvida, dizia eu olhando para outra parte.

Estava atordoado. Toda a gente me elogiava a dedicação e a paciência. As primeiras necessidades do inventário detiveram-me algum tempo na vila. Constituí advogado; as cousas correram placidamente. Durante esse tempo, falava muita vez do coronel. Vinham contar-me cousas dele, mas sem a moderação do padre; eu defendia-o, apontava algumas virtudes, era austero...

— Qual austero! Já morreu, acabou; mas era o diabo.

E referiam-me casos duros, ações perversas, algumas extraordinárias. Quer que lhe diga? Eu, a princípio, ia ouvindo cheio de curiosidade; depois, entrou-me no coração um singular prazer, que eu, sinceramente, buscava expelir. E defendia o coronel, explicava-o, atribuía alguma cousa às rivalidades locais; confessava, sim, que era um pouco violento... Um pouco? Era uma cobra assanhada, interrompia-me o barbeiro; e todos, o coletor, o boticário, o escrivão, todos diziam a mesma cousa; e vinham outras anedotas, vinha toda a vida do defunto. Os velhos lembravam-se das crueldades dele, em menino. E o prazer íntimo, calado, insidioso, crescia dentro de mim, espécie de tênia moral, que, por mais que a arrancasse aos pedaços, recompunha-se logo e ia ficando.

As obrigações do inventário distraíram-me; e por outro lado a opinião da vila era tão contrária ao coronel, que a vista dos lugares foi perdendo para mim a feição tenebrosa que a princípio achei neles. Entrando na posse da herança, converti-a em títulos e dinheiro. Eram então passados muitos meses, e a idéia de distribuí-la toda em esmolas e donativos pios não me dominou como da primeira vez; achei mesmo que era afetação. Restringi o plano primitivo: distribuí alguma cousa aos pobres, dei à matriz da vila uns paramentos novos, fiz uma esmola à Santa Casa da Misericórdia etc.: ao todo trinta e dous contos. Mandei também levantar um túmulo ao coronel, todo de mármore, obra de um napolitano, que aqui esteve até 1866, e foi morrer, creio eu, no Paraguai.

Os anos foram andando, a memória tornou-se cinzenta e desmaiada. Penso às vezes no coronel, mas sem os terrores dos primeiros dias. Todos os médicos a quem contei as moléstias dele foram acordes em que a morte era certa, e só se admiravam de ter resistido tanto tempo. Pode ser que eu, involuntariamente, exagerasse a descrição que então lhes fiz; mas a verdade é que ele devia morrer, ainda que não fosse aquela fatalidade...

Adeus, meu caro senhor. Se achar que esses apontamentos valem alguma cousa, pague-me também com um túmulo de mármore, ao qual dará por epitáfio esta emenda que faço aqui ao divino sermão da montanha: "Bem-aventurados os que possuem, porque eles serão consolados."

Comentário

"O enfermeiro", conto de *Várias histórias* (1895), publicado originalmente na *Gazeta de Notícias* em 13 de junho de 1884, representa o caso singular de uma narrativa que cativa José Mindlin ao tratar de um tema incômodo — o sentimento incontrolável de ódio —, pelo qual o bibliófilo diz ter prevenção.

"Conto admirável, sobre o ódio que um enfermeiro desenvolve por seu paciente, ele mostra até onde o sentimento pode crescer de modo inteiramente subjetivo. Aqui, só são objetivos os maus tratos que o doente impunha ao protagonista — mas eles não justificam seu ódio. Não passa pela cabeça de Procópio qualquer possibilidade de uma relação humana — e é esta crueza que impressiona no conto de Machado. Pois o papel do enfermeiro consiste em não apenas cuidar fisicamente de um indivíduo, mas também em estabelecer empatia com ele, aceitar extremos de irritabilidade provocados pelo doente, dedicando devida compreensão aos excessos de violência, aos ataques. Nada disso ocorre aqui."

Entretanto, "O enfermeiro" não se esgota nessa anatomia do ressentimento e na capacidade que o escritor tem de sintetizar, em poucas linhas, as variantes da intolerância e do rancor. O que impressiona Mindlin é, igualmente, o modo como Machado, após diagnosticar os sedimentos dessa relação doentia, introduz um elemento irônico, que relativiza os sentimentos mais extremos e que Mindlin identifica como um dos grandes temas da obra do escritor: o acaso.

"Procópio cumpriu seu papel friamente e se deixou levar por um impulso homicida — que se torna mais chocante quando há a revelação, completamente inesperada, de que o doente deixara um testamento beneficiando o enfermeiro. Essa ironia do destino embaralha tudo e sintetiza o papel do acaso como tema presente de maneira muito ampla na obra de Machado de Assis."

UM HOMEM CÉLEBRE*

— Ah! O senhor é que é o Pestana? — perguntou Sinhazinha Mota, fazendo um largo gesto admirativo. E logo depois, corrigindo a familiaridade: — Desculpe meu modo, mas... é mesmo o senhor?

Vexado, aborrecido, Pestana respondeu que sim, que era ele. Vinha do piano, enxugando a testa com o lenço, e ia a chegar à janela, quando a moça o fez parar. Não era baile; apenas um sarau íntimo, pouca gente, vinte pessoas ao todo, que tinham ido jantar com a viúva Camargo, rua do Areal, naquele dia dos anos dela, cinco de novembro de 1875... Boa e patusca viúva! Amava o riso e a folga, apesar dos sessenta anos em que entrava, e foi a última vez que folgou e riu, pois faleceu nos primeiros dias de 1876. Boa e patusca viúva! Com que alma e diligência arranjou ali umas danças, logo depois do jantar,

*In: *Várias histórias*.

pedindo ao Pestana que tocasse uma quadrilha! Nem foi preciso acabar o pedido; Pestana curvou-se gentilmente, e correu ao piano. Finda a quadrilha, mal teriam descansado uns dez minutos, a viúva correu novamente ao Pestana para um obséquio mui particular.

— Diga, minha senhora.

— É que nos toque agora aquela sua polca *Não bula comigo, nhonhô*.

Pestana fez uma careta, mas dissimulou depressa, inclinou-se calado, sem gentileza, e foi para o piano, sem entusiasmo. Ouvidos os primeiros compassos, derramou-se pela sala uma alegria nova, os cavalheiros correram às damas, e os pares entraram a saracotear a polca da moda. Da moda; tinha sido publicada vinte dias antes, e já não havia recanto da cidade em que não fosse conhecida. Ia chegando à consagração do assobio e da cantarola noturna.

Sinhazinha Mota estava longe de supor que aquele Pestana que ela vira à mesa de jantar e depois ao piano, metido numa sobrecasaca cor de rapé, cabelo negro, longo e cacheado, olhos cuidosos, queixo rapado, era o mesmo Pestana compositor; foi uma amiga que lho disse quando o viu vir do piano, acabada a polca. Daí a pergunta admirativa. Vimos que ele respondeu aborrecido e vexado. Nem assim as duas moças lhe pouparam finezas, tais e tantas, que a mais modesta vaidade se contentaria de as ouvir; ele recebeu-as cada vez mais enfadado, até que, alegando dor de cabeça, pediu licença para sair. Nem elas, nem a dona da casa, ninguém logrou retê-lo. Ofereceram-lhe remédios caseiros, algum repouso não aceitou nada, teimou em sair e saiu.

Rua fora, caminhou depressa, com medo de que ainda o chamassem; só afrouxou depois que dobrou a esquina da rua Formosa. Mas aí mesmo esperava-o a sua grande polca festiva. De uma casa modesta, à direita, a poucos metros de distância, saíam as notas da composição do dia, sopradas em clarineta. Dançava-se. Pestana parou alguns instantes, pensou em arrepiar caminho, mas dispôs-se a andar, estugou o passo, atravessou a rua, e seguiu pelo lado oposto ao da casa do baile. As notas foram-se perdendo, ao longe, e o nosso homem entrou na rua do Aterrado, onde morava. Já perto de casa viu vir dois homens; um deles, passando rentezinho com o Pestana, começou a assobiar a mesma polca, rijamente, com brio, e o outro pegou a tempo na música, e aí foram os dois abaixo, ruidosos e alegres, enquanto o autor da peça, desesperado, corria a meter-se em casa.

Em casa, respirou. Casa velha, escada velha, um preto velho que o servia, e que veio saber se ele queria cear.

— Não quero nada, bradou o Pestana; faça-me café e vá dormir.

Despiu-se, enfiou uma camisola, e foi para a sala dos fundos. Quando o preto acendeu o gás da sala, Pestana sorriu e, dentro d'alma, cumprimentou uns dez retratos que pendiam da parede. Um só era a óleo, o de um padre, que o educara, que lhe ensinara latim e música, e que, segundo os ociosos, era o próprio pai do Pestana. Certo é que lhe deixou em herança aquela casa velha, e os velhos trastes, ainda do tempo de Pedro I. Compusera alguns motetes o padre, era doudo por música, sacra ou profana, cujo gosto incutiu no moço, ou também lhe transmitiu no sangue, se é que tinham razão as bocas vadias, cousa de que se não ocupa a minha história, como ides ver.

Os demais retratos eram de compositores clássicos, Cimarosa, Mozart, Beethoven, Gluck, Bach, Schumann, e ainda uns três, alguns gravados, outros litografados, todos mal encaixilhados e de diferente tamanho, mas postos ali como santos de uma igreja. O piano era o altar; o evangelho da noite lá estava aberto: era uma sonata de Beethoven.

Veio o café; Pestana engoliu a primeira xícara, e sentou-se ao piano. Olhou para o retrato de Beethoven, e começou a executar a sonata, sem saber de si, desvairado ou absorto, mas com grande perfeição. Repetiu a peça; depois parou alguns instantes, levantou-se e foi a uma das janelas. Tornou ao piano; era a vez de Mozart, pegou de um trecho, e executou-o do mesmo modo, com a alma alhures. Haydn levou-o à meia-noite e à segunda xícara de café.

Entre meia-noite e uma hora, Pestana pouco mais fez que estar à janela e olhar para as estrelas, entrar e olhar para os retratos. De quando em quando ia ao piano, e, de pé, dava uns golpes soltos no teclado, como se procurasse algum pensamento; mas o pensamento não aparecia, e ele voltava a encostar-se à janela. As estrelas pareciam-lhe outras tantas notas musicais fixadas no céu à espera de alguém que as fosse descolar; tempo viria em que o céu tinha de ficar vazio, mas então a terra seria uma constelação de partituras. Nenhuma imagem, desvario ou reflexão trazia uma lembrança qualquer de Sinhazinha Mota, que, entretanto, a essa mesma hora, adormecia pensando nele, famoso autor de tantas polcas amadas. Talvez a idéia conjugal tirou à moça alguns momentos de sono. Que tinha? Ela ia em vinte anos, ele em trinta, boa conta. A moça dormia ao som da polca, ouvida de cor, enquanto o autor desta não cuidava nem da polca nem da moça, mas das velhas obras clássicas, interrogando o céu e a noite, rogando aos anjos, em último caso ao diabo. Por que não faria ele uma só que fosse daquelas páginas imortais?

Às vezes, como que ia surgir das profundezas do inconsciente uma aurora de idéia; ele corria ao piano, para aventá-la inteira; traduzi-la, em sons, mas era em vão; a idéia esvaía-se. Outras vezes, sentado, ao piano, deixava os dedos correrem, à ventura, a ver se as fantasias brotavam deles, como dos de Mozart; mas nada, nada, a inspiração não vinha, a imaginação deixava-se estar dormindo. Se acaso uma idéia aparecia, definida e bela, era eco apenas de alguma peça alheia, que a memória repetia, e que ele supunha inventar. Então, irritado, erguia-se, jurava abandonar a arte, ir plantar café ou puxar carroça; mas daí a dez minutos, ei-lo outra vez, com os olhos em Mozart, a imitá-lo ao piano.

Duas, três, quatro horas. Depois das quatro foi dormir; estava cansado, desanimado, morto; tinha que dar lições no dia seguinte. Pouco dormiu; acordou às sete horas. Vestiu-se e almoçou.

— Meu senhor quer a bengala ou o chapéu-de-sol? — perguntou o preto, segundo as ordens que tinha, porque as distrações do senhor eram freqüentes.

— A bengala.

— Mas parece que hoje chove.

— Chove, repetiu Pestana maquinalmente.

— Parece que sim, senhor, o céu está meio escuro.

Pestana olhava para o preto, vago, preocupado. De repente:

— Espera aí.

Correu à sala dos retratos, abriu o piano, sentou-se e espalmou as mãos no teclado. Começou a tocar alguma cousa própria, uma inspiração real e pronta, uma polca, uma polca buliçosa, como dizem os anúncios. Nenhuma repulsa da parte do compositor; os dedos iam arrancando as notas, ligando-as, meneando-as; dir-se-ia que a musa compunha e bailava a um tempo. Pestana esquecera as discípulas, esquecera o preto, que o esperava com a bengala e o guarda-chuva, esquecera até os retratos que pendiam gravemente da parede. Compunha só, teclando ou escrevendo, sem os vãos esforços da véspera, sem exasperação, sem nada pedir ao céu, sem interrogar os olhos de Mozart. Nenhum tédio. Vida, graça, novidade, escorriam-lhe da alma como de uma fonte perene.

Em pouco tempo estava a polca feita. Corrigiu ainda alguns pontos, quando voltou para jantar; mas já a cantarolava, andando, na rua. Gostou dela; na composição recente e inédita circulava o sangue da paternidade e da vocação. Dois dias depois, foi levá-la ao editor das outras polcas suas, que andariam já por umas trinta. O editor achou-a linda.

— Vai fazer grande efeito.

Veio a questão do título. Pestana, quando compôs a primeira polca, em 1871, quis dar-lhe um título poético, escolheu este: *Pingos de sol*. O editor abanou a cabeça, e disse-lhe que os títulos deviam ser, já de si, destinados à popularidade, ou por alusão a algum sucesso do dia, ou pela graça das palavras; indicou-lhe dois: *A lei de 28 de setembro*, ou *Candongas não fazem festa*.

— Mas que quer dizer *Candogas não fazem festa*? — perguntou o autor.

— Não quer dizer nada, mas populariza-se logo.

Pestana, ainda donzel inédito, recusou qualquer das denominações e guardou a polca; mas não tardou que compusesse outra, e a comichão da publicidade levou-o a imprimir as duas, com os títulos que ao editor parecessem mais atraentes ou apropriados. Assim se regulou pelo tempo adiante.

Agora, quando Pestana entregou a nova polca, e passaram ao título, o editor acudiu que trazia um, desde muitos dias, para a primeira obra que ele lhe apresentasse, título de espavento, longo e meneado. Era este: *Senhora dona, guarde o seu balaio*.

— E para a vez seguinte, acrescentou, já trago outro de cor.

Exposta à venda, esgotou-se logo a primeira edição. A fama do compositor bastava à procura; mas a obra em si mesma era adequada ao gênero, original, convidava a dançá-la e decorava-se depressa. Em oito dias, estava célebre. Pestana, durante os primeiros, andou deveras namorado da composição, gostava de a cantarolar baixinho, detinha-se na rua, para ouvi-la tocar em alguma casa, e zangava-se quando não a tocavam bem. Desde logo, as orquestras de teatro a executaram, e ele lá foi a um deles. Não desgostou também de a ouvir assobiada, uma noite, por um vulto que descia a rua do Aterrado.

Essa lua-de-mel durou apenas um quarto de lua. Como das outras vezes, e mais depressa ainda, os velhos mestres retratados o fizeram sangrar de remorsos. Vexado e enfastiado, Pestana arremeteu contra aquela que o viera consolar tantas vezes, musa de olhos marotos e gestos arredondados, fácil e graciosa. E aí voltaram as náuseas de si mesmo, o ódio a quem lhe pedia a nova polca da moda, e juntamente o esforço de compor alguma cousa ao sabor clássico, uma página que fosse, uma só, mas tal que pudesse ser encadernada entre Bach e Schumann. Vão estudo, inútil esforço. Mergulhava naquele Jordão sem sair batizado. Noites e noites, gastou-as assim, confiado e teimoso, certo de que a vontade era tudo, e que, uma vez que abrisse mão da música fácil...

— As polcas que vão para o inferno fazer dançar o diabo, disse ele um dia, de madrugada, ao deitar-se.

Mas as polcas não quiseram ir tão fundo. Vinham à casa de Pestana, à própria sala dos retratos, irrompiam tão prontas, que ele não tinha mais que o tempo de as compor, imprimi-las depois, gostá-las alguns dias, aborrecê-las, e tornar às velhas fontes, donde lhe não manava nada. Nessa alternativa viveu até casar, e depois de casar.

— Casar com quem? — perguntou Sinhazinha Mota ao tio escrivão que lhe deu aquela notícia.

— Vai casar com uma viúva.

— Velha?

— Vinte e sete anos.

— Bonita?

— Não, nem feia, assim, assim. Ouvi dizer que ele se enamorou dela, porque a ouviu cantar na última festa de São Francisco de Paula. Mas ouvi também que ela possui outra prenda, que não é rara, mas vale menos: está tísica.

Os escrivães não deviam ter espírito — mau espírito, quero dizer. A sobrinha deste sentiu no fim um pingo de bálsamo, que lhe curou a dentadinha da inveja. Era tudo verdade. Pestana casou daí a dias com uma viúva de vinte e sete anos, boa cantora e tísica. Recebeu-a como a esposa espiritual do seu gênio. O celibato era, sem dúvida, a causa da esterilidade e do transvio, dizia ele consigo; artisticamente considerava-se um arruador de horas mortas; tinha as polcas por aventuras de petimetres. Agora, sim, é que ia engendrar uma família de obras sérias, profundas, inspiradas e trabalhadas.

Essa esperança abotoou desde as primeiras horas do amor, e desabrochou à primeira aurora do casamento. Maria, balbuciou a alma dele, dá-me o que não achei na solidão das noites, nem no tumulto dos dias.

Desde logo, para comemorar o consórcio, teve a idéia de compor um noturno. Chamar-lhe-ia *Ave, Maria*. A felicidade como que lhe trouxe um princípio de inspiração; não querendo dizer nada à mulher, antes de pronto, trabalhava às escondidas; cousa difícil, porque Maria, que amava igualmente a arte, vinha tocar com ele, ou ouvi-lo somente, horas e horas, na sala dos retratos. Chegaram a fazer alguns concertos semanais, com três artistas, amigos do Pestana. Um domingo, porém, não se pôde ter o marido, e chamou a mulher para tocar um trecho do noturno; não lhe disse o que era nem de quem era. De repente, parando, interrogou-a com os olhos.

— Acaba, disse Maria; não é Chopin?

Pestana empalideceu, fitou os olhos no ar, repetiu um ou dois trechos e ergueu-se. Maria assentou-se ao piano, e, depois de algum esforço de memória, executou a peça de Chopin. A idéia, o motivo eram os mesmos; Pestana achara-os em algum daqueles becos escuros da memória, velha cidade de traições. Triste, desesperado, saiu de casa, e dirigiu-se para o lado da ponte, caminho de São Cristóvão.

— Para que lutar? — dizia ele. Vou com as polcas... Viva a polca!

Homens que passavam por ele, e ouviam isto, ficavam olhando, como para um doudo. E ele ia andando, alucinado, mortificado, eterna peteca entre a ambição e a vocação... Passou o velho matadouro; ao chegar à porteira da estrada de ferro, teve idéia de ir pelo trilho acima e esperar o primeiro trem que viesse e o esmagasse. O guarda fê-lo recuar. Voltou a si e tornou a casa.

Poucos dias depois — uma clara e fresca manhã de maio de 1876 —, eram seis horas, Pestana sentiu nos dedos um frêmito particular e conhecido. Ergueu-se devagarinho, para não acordar Maria, que tossira toda a noite, e agora dormia profundamente. Foi para a sala dos retratos, abriu o piano, e, o mais surdamente que pôde, extraiu uma polca. Fê-la publicar com um pseudônimo; nos dois meses seguintes compôs e publicou mais duas. Maria não soube nada; ia tossindo e morrendo, até que expirou, uma noite, nos braços do marido, apavorado e desesperado.

Era noite de Natal. A dor do Pestana teve um acréscimo, porque na vizinhança havia um baile, em que se tocaram várias de suas melhores polcas. Já o baile era duro de sofrer; as suas composições davam-lhe um ar de ironia e perversidade. Ele sentia a cadência dos passos, adivinhava os movimentos, porventura lúbricos, a que obrigava alguma daquelas composições; tudo isso ao pé do cadáver pálido, um molho de ossos, estendido na cama... Todas as horas da noite passaram assim, vagarosas ou rápidas, úmidas de lágrimas e de suor, de águas da Colônia e de Labarraque, saltando sem parar, como ao som da polca de um grande Pestana invisível.

Enterrada a mulher, o viúvo teve uma única preocupação: deixar a música, depois de compor um *Réquiem*, que faria executar no primeiro aniversário da morte de Maria. Escolheria outro emprego, escrevente, carteiro, mascate, qualquer cousa que lhe fizesse esquecer a arte assassina e surda.

Começou a obra; empregou tudo, arrojo, paciência, meditação, e até os caprichos do acaso, como fizera outrora, imitando Mozart. Releu e estudou o *Réquiem* deste autor. Passaram-se semanas e meses. A obra, célebre a princípio, afrouxou o andar. Pestana tinha altos e baixos. Ora achava-a incompleta, não lhe sentia a alma sacra, nem idéia, nem inspiração, nem método; ora elevava-se-lhe o coração, e trabalhava com vigor. Oito meses, nove, dez, onze, e o *Réquiem* não estava concluído. Redobrou de esforços; esqueceu lições e amizades. Tinha refeito muitas vezes a obra; mas agora queria concluí-la, fosse como fosse. Quinze dias, oito, cinco... A aurora do aniversário veio achá-lo trabalhando.

Contentou-se da missa rezada e simples, para ele só. Não se pode dizer se todas as lágrimas que lhe vieram sorrateiramente aos olhos foram do marido, ou se algumas eram do compositor. Certo é que nunca mais tornou ao *Réquiem*.

— Para quê? — dizia ele a si mesmo.

Correu ainda um ano. No princípio de 1878, apareceu-lhe o editor.

— Lá vão dois anos, disse este, que nos não dá um ar da sua graça. Toda a gente pergunta se o senhor perdeu o talento. Que tem feito?

— Nada.

— Bem sei o golpe que o feriu; mas lá vão dois anos. Venho propor-lhe um contrato: vinte polcas durante doze meses; o preço antigo, e uma porcentagem maior na venda. Depois, acabado o ano, podemos renovar.

Pestana assentiu com um gesto. Poucas lições tinha, vendera a casa para saldar dívidas, e as necessidades iam comendo o resto, que era assaz escasso. Aceitou o contrato.

— Mas a primeira polca há de ser já — explicou o editor. — É urgente. Viu a carta do Imperador ao Caxias? Os liberais foram chamados ao poder; vão fazer a reforma eleitoral. A polca há de chamar-se *Bravos à eleição direta*! Não é política; é um bom título de ocasião.

Pestana compôs a primeira obra do contrato. Apesar do longo tempo de silêncio, não perdera a originalidade nem a inspiração. Trazia a mesma nota genial. As outras polcas vieram vindo, regularmente. Conservara os retratos e os repertórios; mas fugia de gastar todas as noites ao piano, para não cair em novas tentativas. Já agora pedia uma entrada de graça, sempre que havia alguma boa ópera ou concerto de artista, ia, metia-se a um canto, gozando aquela porção de cousas que nunca lhe haviam de brotar do cérebro. Uma ou outra vez, ao tornar para casa, cheio de música, despertava nele o maestro inédito; então, sentava-se ao piano, e, sem idéia, tirava algumas notas, até que ia dormir, vinte ou trinta minutos depois.

Assim foram passando os anos, até 1885. A fama do Pestana dera-lhe definitivamente o primeiro lugar entre os compositores de polcas; mas o primeiro lugar da aldeia não contentava a este César, que continuava a preferir-lhe, não o segundo, mas o centésimo em Roma. Tinha ainda as alternativas de outro tempo, acerca de suas composições; a diferença é que eram menos violentas. Nem entusiasmo nas primeiras horas, nem horror depois da primeira semana; algum prazer e certo fastio.

Naquele ano, apanhou uma febre de nada, que em poucos dias cresceu, até virar perniciosa. Já estava em perigo, quando lhe apareceu o editor, que não sabia da doença, e ia dar-lhe notícia da subida dos conservadores, e pedir-lhe uma polca de ocasião. O enfermeiro, pobre clarineta de teatro, referiu-lhe o estado do Pestana, de modo que o editor entendeu calar-se. O doente é que instou para que lhe dissesse o que era; o editor obedeceu.

— Mas há de ser quando estiver bom de todo — concluiu.

— Logo que a febre decline um pouco — disse o Pestana.

Seguiu-se uma pausa de alguns segundos. O clarineta foi pé ante pé preparar o remédio; o editor levantou-se e despediu-se.

— Adeus.

— Olhe — disse o Pestana — como é provável que eu morra por estes dias, faço-lhe logo duas polcas; a outra servirá para quando subirem os liberais.

Foi a única pilhéria que disse em toda a vida, e era tempo, porque expirou na madrugada seguinte, às quatro horas e cinco minutos, bem com os homens e mal consigo mesmo.

Comentário

O encanto exercido sobre José Mindlin por "Um homem célebre" — publicado na *Gazeta de Notícias* de 29 de junho de 1888 e no livro *Várias histórias* (1895) — se deve a razões que não são exclusivamente literárias, mas incluem outros gostos, de ordem musical. "'Um homem célebre' é uma narrativa parecida com a história do compositor Ernesto Nazareth — que queria fazer música erudita e não conseguiu, que fez música popular, polcas, choros encantadores, mas não o que realmente o satisfazia. O conto parte de um tema muitas vezes presente na vida e na obra dos grandes criadores: a frustração do artista que não se satisfaz com sua própria obra."

O drama de Pestana, popularíssimo compositor de música de salão que à noite se recolhe na "sala dos retratos", com paredes forradas de quadros de Bach, Mozart, Beethoven, Gluck, Schumann, também pode ser visto como uma ironia sobre a condição do artista brasileiro, cujo modelo são gênios universais, mas é obrigado a falar para um público provinciano. Entretanto, observa

Mindlin, "ao representar o ridículo da ambição de Pestana, e do artista brasileiro em geral, é Machado quem atinge a genialidade". Ou seja, ao fazer uma caricatura da vaidade do artista e da sociedade amesquinhada em que este vive — ambos, artista e sociedade, invejosos da sofisticação e da cultura européias —, Machado realiza obras-primas da ficção mundial, transforma o rebaixamento dessa sociedade da qual sua obra nasce em alta literatura (que assim supera seus limites objetivos).

"É óbvio que Machado se dava conta da distância que existe entre a realidade do cotidiano de um artista brasileiro e aquilo que este artista imagina realizar um dia — um problema que se coloca para Pestana (protagonista) e que no fundo ele, Machado, conseguiu suplantar. Pestana quase chega a fazer música erudita [um esboço de *Réquiem*], mas só atinge celebridade como compositor de salão. Já Machado de Assis deu a volta por cima. Dificilmente um escritor poderia fazer coisa superior, no contexto em que vivia, a *Memórias póstumas*, *Dom Casmurro* e *Quincas Borba* (livros que atingiram tamanha altura que, diante deles, *Memorial de Aires* dá uma certa sensação de anticlímax, o que não quer dizer que não seja um grande romance). Enfim, Pestana não tinha estofo, caso de muitos artistas que ambicionam uma condição mais alta; se tivesse, teria sido um artista erudito — um Machado de Assis da música!!"

Este livro foi impresso nas oficinas da
DISTRIBUIDORA RECORD DE SERVIÇOS DE IMPRENSA S.A.
Rua Argentina, 171 – Rio de Janeiro, RJ
para a EDITORA JOSÉ OLYMPIO LTDA.
em junho de 2008.
*
76º aniversário desta Casa de livros, fundada em 29.11.1931